사상이 아니고 사랑이다

사상이 아니고 사랑이다

초판 1쇄 2016년 3월 1일
지은이 이태상
펴낸이 전승선
펴낸곳 자연과인문
북디자인 신은경
인쇄 대산문화인쇄
출판등록 제300-2007-172호
주소 서울시 종로구 삼일대로 445
전화 02)735-0407
팩스 02)744-0407
홈페이지 http://www.jibook.net
이메일 jibooks@naver.com

ISBN 9791186162149 03810
값 13,000

어레인보우 세번째

사상이 아니고 사랑이다

이태상

자연과 인문

여는 글 _ 진주

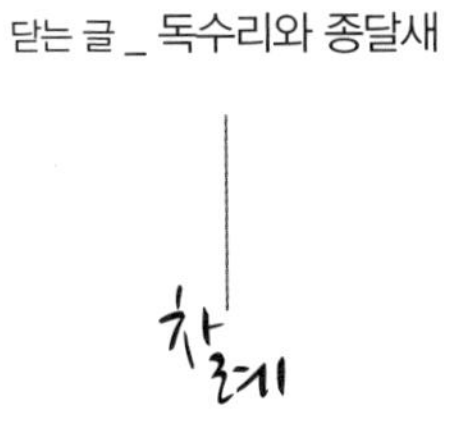
차례

여는 글

진주

사상이 아픔이라면 사랑도 아픔이다.

머리가 아픈 게 사상이라면 가슴이 아픈 게 사랑이다.

사상은 파괴와 착취와 살생의 괴로움을 주는 아픔이지만

사랑은 양육과 양생과 희생의 기쁨을 주는 아픔이다.

세상의 모든 싸움과 다툼이 서로 다른 사상 때문이라면

사랑은 모든 슬픔과 아픔을 치유하고 평화를 가져온다.

사상은 우리를 갈라놓지만

사랑은 우리를 하나로 만든다.

사상은 우리에게 서로의 다른 면만 보여주지만

사랑은 우리에게 서로의 같은 면을 보여준다.

사상은 네가 죽어야 내가 산다고 우리를 세뇌시키지만

사랑은 네가 살아야 나도 산다고 우리를 깨우쳐 준다.

사상은 카오스를 불러 오지만
사랑은 코스모스를 피우리라.

우리 칼릴 지브란의 우화집 '방랑자THE WANDERER'에 나오는 진주The Pearl 이야기도 좀 들어보자.

어느 굴조개가 이웃에 있는 다른 굴조개에게 말했다.

"내 안에 아주 큰 아픔이 있어. 무겁고 둥근 것인데, 그래서 몸이 많이 불편해"

그러자 자신은 다행스럽고 만족스럽다는 말투로 다른 굴조개가 대답했다.

"하늘과 바다를 칭송하리라. 나에게는 아무런 고통도 없고 난 안팎으로 아픈데 없이 온전하고 건강하니까."

바로 그 순간 게 한 마리가 지나다가 이 두 굴조개가 하는 말을 듣고 안팎으로 아픈 데 하나 없다고 좋아하는 굴 조개에게 말했다.

"그래 넌 건강하고 온전하지. 그렇지만 네 이웃의 수고는 굉장히 아름다운 진주를 배고 있는 까닭이야."

It's not
thoughts
but love

It's not thoughts but love

'미사고'의 미학

2015년 10월 28일에 개봉한 감성영화 '미안해 사랑해 고마워'는 남녀의 애틋한 사랑, 부녀의 가슴 저린 마음, 그리고 친구의 돌이키고 싶은 우정을 그린 영화라는데, 이 영화 제목에 들어간 세 마디가 우리 삶의 진수를 한 마디로 요약하고 있다. 세 마디가 이음동의어異音同義語로 같은 단 한 마디 '미사고'가 되리라. 미안해하는 마음이 사랑하는 마음이고, 사랑하는 마음이 고마워하는 마음일 테니까.

우리 모두 이 세상에 태어나는 순간부터 떠나는 순간까지 수많은 사람뿐만 아니라 만물에게 느껴야 할 감성 아닌가. 우선 수많은 정자 중에서 선택 받지 못한 정자들, 내가 살기 위해서 희생된 동물과 식물 등 수많은 제물들, 학교나 직장이나 배우

자나 내가 들어가는 바람에 떨어진 수많은 경쟁자들이나 다 미안해하고 사랑하고 고마워 할 대상이 부지기수다.

그 범위를 줄여서 '배우자'와 '유수아동留守兒童'에 국한시켜 보자. 최근 중국 동부 동해안 상해 인근 제장성의 수도 항조시에 있는 제장Jhejiang 재경財經대학 교수 시쥬오쉬謝作詩가 신부감이 없어 남아도는 미혼 남성들의 심각한 사회문제 해결방안으로 일처다부제를 제안하자 찬반으로 큰 물의를 일으키고 있다. 이는 '한 가정 한 아이 정책'과 남아선호 사상으로 빚어진 사회현상이다. 그 결과 여아 100명당 남아 117 명에다, 만연한 축첩蓄妾문화가 사태를 악화시키고 있단다.

대도시 외곽에 수만 채에 이르는 고급 아파트단지가 건설됐지만 그 분양자의 30% 정도는 20대 초의 독신 여성으로, 당이나 정부 고관 또는 잘 나가는 기업의 간부들이 2호, 3호 등 '얼나이'라는 첩을 두는 게 중국 사회의 새로운 풍속도란다. 중국의 '얼나이' 인구는 북경 일원에만 최소 20만 이상으로 추산되고 상해, 심천, 청도 등 연안지역의 대도시들만 따져도 그 인구는 수백만이 넘는다고 한다. 어디 그 뿐이랴. 게다가 유수아동留守兒童 문제도 있다.

사람들이 농촌을 떠나 공장이 들어선 도시로 몰려들지만 저임금에 시달리고 도시에 호적이 없어 아무런 혜택을 누릴 수 없단다. 자녀를 데리고 와도 현지 학교에 보낼 수 없는 것이 중국의 호구법이란다. 돈벌이를 위해 도시로 떠나면서 그들 대부분은 자녀들을 고향에 남겨두지만 조부모가 있어 아이들을 돌보아 주는 경우는 그나마 다행이고, 먼 친척에게 맡기거나 그냥 고아처럼 방기한단다. 유수아동留守兒童으로 불리는 이런 아이들이 1억 명에 이르는 것으로 집계되고 있다.

이게 어디 중국만의 이야기일 뿐일까. 요즘 한국에선 '헬조선'이란 말이 유행이라지만 '헬일본', '헬미국', '헬유럽', '헬아프리카', '헬중동' 등 이 모두가 '헬지구'적인 현상 아닌가. 같은 한 가족이든 동족이든 아무리 서로 돕는다 해도 더할 수 없어 미안하고, 우리가 아무리 사랑한다 해도 너무 부족하기만 하고, 내가 있게 해준 모든 사람과 만물에게 무진장 고마울 뿐이다.

우리가 모두 하나같이 승자독식으로 우리 삶을 시작했겠지만 우리가 사는 동안만큼은 재산이고 배우자고 나눌 수 있다면 나눌 수 있는 만큼만이라도 나눠야 하지 않을까. 실화 하나와 실화 같은 영화 얘기 하나를 그 예로 들어보자.

2015년 4월 미국 워싱턴주 시애틀에 있는 중소기업 그래비타 페이먼츠의 최고경영자CEO 댄 프라이스는 110만 달러인 자신의 연봉을 90% 삭감해 7만 달러로 낮추고 회사의 순익을 줄여 전 직원의 최저 연봉을 7만 달러로 올려주겠다고 선언해 찬반 논란을 빚었는데 6개월 후 회사의 매출과 순익이 2배로 늘어난 것으로 알려졌다.

그는 허핑턴 포스트와의 인터뷰에서 "높은 연봉을 받는 직원들이 더 열심히 일하면 결국 회사에도 이익이 된다. 7만 달러 연봉은 실험이 아니라 투자다. 개인적으로는 내 연봉을 깎은 것이 나쁘지 않다. 오히려 나 자신에게 집중하는데 도움이 된다."고 말했다. 아이다호주 시골 마을 출신인데 시애틀퍼시픽대학 1학년 때인 2004년 기숙사에서 크레딧카드 결제회사 그래비타 페이먼츠를 창업했다.

많은 사람들이 보고 기억하고 있겠지만 1959년 제작되어 1964년에 국내 개봉된 영화 '바렌(원제 : The Savage Innocents)'의 남자 주인공 에스키모인 이누크로 분장한 '노트르담의 꼽추'와 '희랍인 조르바' 등의 명배우 안소니 퀸이 전도하려고 찾아온 선교사를 환대한다고 손님인 선교사에게 자신의 아내와 하룻밤 동침을 제안한다. 그 나머지 이야기는 여기서 생략한다.

우리 모두 지구라는 별과 우주를 같이 나누는 입장이 아닌가. 그렇다면 우리 존재를 가능케 하는 만인과 만물을 사랑할 수밖에 없고, 더 좀 사랑하고 나눌 수 없어 미안할 뿐이며, 모두에게 한없이 고마워할 일뿐이 아니랴. 그러니 처음부터 끝까지 '미사고'일 수밖에 없으리라!

It's not thoughts
but love

박원순 서울특별시장님께 드리는 공개편지

'아이서울유(I.SEOUL.U)' 풀이

이젠 서울시가 만든 새 브랜드 '아이서울유(I.SEOUL.U)'를 택시나 공공장소에서 마주치게 됐다는 기사를 보았습니다. 인터넷엔 '아이유가 장악한 서울시'를 표현한 것이라는 식의 패러디가 넘치고, "나는 서울 한다"는 것이 무슨 뜻이냐며 콩글리시라는 조롱조의 폄훼가 판치자 서울시는 이 문구가 '서울(Seoul)'을 동사형으로 활용했다고 설명한다는데 해외에 거주하는 동포의 한 사람으로 서울시민과 한국인 모두에게 극히 외람되나마 한 마디 드리고 싶어 몇 자 적습니다.

'꿈보다 해몽이 좋아야 한다'는 말처럼 매사를 어떻게 해석하고 풀이하는가에 따라 그 결과가 천양지차天壤之差가 나지 않습니까? 개인이고 국가이고 간에 자중자애自重自愛하지 못하고 스스로를 비하할 때 아무에게서도 존중받지 못하는 법입니다.

2015년 10월 31일자 한국일보 오피니언 페이지 '한국에 살며'라는 칼럼에 '한국인의 삶은 지옥인가'에서 영국인 배리 웰시 숙명여대 객원교수 겸 서울북앤컬처클럽 운영자는 다음과 같이 '헬조선' 개념을 요약한 후, "이러한 이유로 많은 젊은이들이 한국을 떠나고 싶어 한다며 이는 국가적으로 심각한 문제가 아닐 수 없다"고 지적했습니다.

"헬조선 개념에 따르면 한국은 평범한 사람은 배척시키고 끝내 굴복하게 만드는 잔인한 사회구조를 가진 곳이다. 누구보다 치열하게 공부해야 하며 남자의 경우 군대에 가야 한다. 또한 취직은 하늘의 별 따기만큼 어렵다. 많은 이들이 세계 최장시간의 노동시간을 자랑하는 한국의 대기업에 들어가는 것을 인생의 목표로 하고 있다. 하지만 만약 대기업에 들어가지 못한다면 여러 가지가 문제가 되며, 낮은 수준의 삶을 사는 것으로 느낀다. 반면 부유하고 권력을 가진 집안에서 태어나면 낙하산과 인맥을 통해 혜택을 누리기 때문에 이러한 한국 사회의 잔인함을 피해 갈 수 있다고 한다. 그들은 정의롭지 못한 특혜를 누리며 즐겁게 살아간다."

이러한 인식은 한국의 젊은이들이 '온실의 화초'가 못 된 걸 한탄하고 비관, 절망한다는 말인데, 젊은이들이 간과할 수 없는 한 가지 엄연한 사실과 진실이 있습니다. 다름 아니고 온실의 화초는 결코 큰 나무가 될 수 없다는 것이지요. 한국의 대기업 창업자들을 비롯해 오늘날 젊은이들의 부모와 조부모는 하나같이 온실의 화초가 아닌 잡초 억새풀들이었습니다.

일정시대인 1936년, 평안북도 태천에서 태어나 8.15, 6.25, 4.19, 5.16를 다 겪고 영국과 미국으로 떠돌면서 인생 80년 가까이 살다 보니 깨닫게 된 진리가 하나 있습니다. 이 '진리'란 단지 탁상공론으로 성경, 불경, 도덕경 등 성인성자들의 가르침이 아니고, 제가 살면서 많은 시행착오를 통해 몸소 체득한 것입니다.

최근 발라드의 황제 신승훈(47)이 9년 만에 11번째 정규 앨범 '아이 앰 앤 아이 앰I am & I am'을 발표했다는데 이 앨범 타이틀을 달리 표현하면 '유 아 앤 유 아U are & U are'가 되겠지요.

그리고 이 앨범에서 유일하게 신승훈이 작사와 작곡에 참여하지 않은, 가수 정준일이 만든 노래로 배우 김고은이 함께 한 수록곡 '해, 달, 별 그리고 우리'란 수록곡이 있다지요.

앞에 언급한 '진리'로 돌아가서, 이를 제가 단 한 마디로 표현한다면 '넌 너, 난 나'와 '우린 다 별들'이 되겠습니다. 좀 풀이해 보자면 '아이서울유'가 된다고 할 수 있겠습니다.

나 '아이(I)', 너 '유(U)' 사이에 '서울(Seoul)' 그리고 우리 서로 사랑(Love)하면 '넌 나'가 되고 '난 너'가 되는 동시에 어떻든 '너' 와 '나' 가릴 것 없이 우리 모두 하나하나가 '대우주'의 축소판 '소우주'가 되는 것이지요.

이 점을 널리 홍보해주시면 좋겠다는 우생愚生의 졸견拙見을 삼가 감히 드려봅니다.

망언다사妄言多謝

미국 뉴욕, 봄이 오는 길목에서
이태상 드림

It's not thoughts but love

隱者

은자와 짐승들

The hermit and The beasts

미주판 중앙일보 오피니언 페이지 칼럼 '리듬'에서 정명숙 시인은 이렇게 칼럼 글을 맺는다.

"심장이 멈추면 죽음이다. 심장은 생명의 근원이다. 심장은 생체리듬이다. 삶도 리듬이다. 날마다 죽어가는 이가 있고 태어나는 이가 있어 생태계는 균형이 이루어진다. 생태계에는 사계절이 있다. 사계절은 리듬을 타고 반복된다. 우리는 한평생 사계절의 리듬을 통해 배우고 느끼면서 살아간다. 진정한 예술가는 자연의 사계절에서 영감을 얻는다. 자연 이상 가는 스승은 없다. 오묘한 자연의 이치는 리듬에 있다. 비발디의 사계절은 황홀하다. 음악은 리듬이고 멜로디를 걸치면 멋진 신세계가 열린다. 문학이 언어예술이라면 음악은 리듬예술이다.

언어 또한 리듬이 있다. 쿵쿵, 쿵쿵, 환자의 심박동소리가 리드미컬 하다. 세상에 있는 모든 리듬이 나를 에워싼다. 이 리듬을 음미할 수 있는 나는 행복하다."

내 주위에도 우울증을 앓는 사람을 많이 보게 된다. '마음의 감기'라는 이 우울증은 사소한 것들의 의미를 인식하지 못하는 데서 생기는 것이 아닐는지 모르겠다.

시인 황동규는 '즐거운 편지'에서 '사소함' 속에 온 우주가 깃들어 있다고 이렇게 노래한다.

> 언젠가 그대가
> 한없이 괴로움 속을 헤맬 때에
> 오랫동안 전해 오던 그 사소함으로
> 그대를 불러보리라

결코 거창한 일들이 아니고 아주 사소한 모든 것의 한없이 경이로운 신비를 발견하면 이것이 곧 자연의 리듬이 되고 우주의 멜로디로 승화하리라.

우리 칼릴 지브란의 '방랑자THE WANDER 1932'에 나오는 '은자隱者와 짐승들THE HERMIT AND THE BEASTS' 얘기를 반추해보자.

언젠가 푸른 초원 언덕에 한 은자隱者가 살았다. 그의 정신은 고매하고 마음은 순결했다. 육지의 모든 동물들과 하늘의 새들이 쌍쌍으로 그의 주위로 모여 들고 그가 말을 하자 날이 저물도록 모두 떠나려 하지 않았다. 하지만 그는 모든 짐승들을 축복해 주면서 숲과 하늘로 돌려보냈다.

하루 저녁 무렵 그가 사랑에 대해 말을 하고 있을 때 한 표범이 고개를 들고 그에게 물었다. "우리에게 사랑에 대해 말씀하시는데, 선생님의 짝은 어디 있습니까?" 은자가 대답해 말하기를 "난 짝이 없다네."

그러자 모든 짐승들과 새들이 크게 놀라워하면서 저희들끼리 말하기를 "어떻게 자신이 아무 것도 모르면서 우리에게 짝짓고 사랑하는 일에 대해 말해줄 수 있겠는가?" 더 이상 아무 말도 하지 않고 은자를 경멸하면서 다 떠나가 버렸다.

그날 밤 은자는 땅에 자리를 깔고 엎드려 통곡하면서 두 손으로 가슴을 쳤다.

Once there lived among the green hills a hermit. He was pure of spirit and white of heart. And all the animals of the land and all the fowls of the air came to him in pairs and he spoke unto them. They heard him gladly, and they would gather near unto him, and would not go until nightfall, when he would send them away, entrusting them to the wind and the woods with his blessing.

Upon an evening as he was speaking of love, a leopard raised her head and said to the hermit, "You speak to us of loving. Tell us, Sir, where is your mate?" And the hermit said, "I have no mate."

Then a great cry of surprise rose from the company of beasts and fowls, and they began to say among themselves, "How can he tell us of loving and mating when he himself knows naught thereof?" And quietly and in disdain they left him alone.

That night the hermit lay upon his mat with his face earthward, and he wept bitterly and beat his hands upon his breast.

自言自得
자언자득

우리말에 '말이 씨가 된다'느니 '입턱이 되턱 된다'고 하는 말이 있다. 제가 저지른 일의 과보를 제가 받는다는 뜻의 자업자득自業自得이나 자신이 한 말과 행동에 자신이 구속되어 괴로움을 당한다는 의미의 자승자박自繩自縛과 일맥상통一脈相通하는 말로 영어로는 자가실현自家實現의 예언豫言 'self-fulfilling prophecy'이라고 한다.

그 실례를 요절한 두 시인의 삶에서 볼 수 있다. 자살이든 타살이든 간에 '초혼招魂'에서 '부르다가 내가 죽을 이름이여'를 절규한 김소월이나 '쉽게 씌어진 詩'에서 "시인이란 슬픈 天命인 줄 알면서도 한 줄 시를 적어볼까. 등불을 밝혀 어둠을 조금 내몰고, 시대처럼 올 아침을 기다리는 최후의 나"라고 미래를 내다보며 해방되기 6개월 전 운명殞命한 윤동주 말이다.

이러한 예를 우리는 수많은 가수들에게서도 볼 수 있는 것 같다. 오늘 아침 친구가 전달해준 글을 옮겨본다.

노래 가사에 비쳐진 가수들의 運命

작곡가 정민섭, 가수 양미란 커플은 '달콤하고 상냥하게' '당신의 뜻이라면' '범띠 가시네' '봄길' '흑점' 등 많은 히트곡을 발표하였다. 그러나 양미란은 이 노래 중에 '흑점'을 부르고 나서 얼마 후에 골수암으로 타계했고, 남편 정민섭도 몇 년 뒤인 1987년 폐암으로 세상을 떠나 주위를 가슴 아프게 했다.

운명은 말하는 대로 결정된다. 슬픈 노래를 부른 가수들은 대부분 일찍 타계했다는 논문이 있다.

- 우리나라 최초의 가수 윤심덕은 '사의 찬미'를 불렀다가 그만 자살로 생을 마감했다.

- 60년대 말 '산장의 여인'을 부른 가수 권혜경은 가사 내용처럼 자궁과 위장이 암에 걸렸고 요양을 하며 재생의 길을 걷게 되었다. 그녀는 산장에 집을 짓고 수도승처럼 쓸

쓸히 살아가고 있다 한다.

- '수덕사의 여승'을 부른 가수 송춘희는 결혼을 하지 않은 채 불교 포교사로 일하고 있다.

- 이난영은 '목포의 눈물'을 부르고 슬픈 인생을 살다가 가슴앓이 병으로 49세에 숨졌다.

- 가수 박경애 씨는 50세에 폐암으로 사망했다. 그녀가 부른 노래 '곡예사의 첫사랑'의 가사에 "울어 봐도 소용없고 후회해도 소용없다." 는 죽음을 암시하는 내용이 있다.

- '머무는 곳 그 어딜지 몰라도'를 부른 국제 가요제 전문 가수 박경희도 그 노래가사의 내용처럼 향년 53세에 패혈증과 신장질환으로 별세했다.

- 장덕은 '예정된 시간을 위하여'를 부르고 사망했다.

- 남인수는 '눈감아 드리리'를 마지막으로 세상을 떠났다. 그는 41세의 한창 나이에 '눈감아 드리리'의 노랫말처럼 일찍 눈을 감고 말았다.

- '0시의 이별'을 부른 가수 배호는 0시에 세상을 떠났다.

돌아가는 삼각지를 부른 그는 젊은 날에 영영 돌아오지 못할 길로 가버렸다. 그는 '마지막 잎새'를 부르면서 세상을 떠났다.

- '낙엽 따라 가버린 사랑'을 불렀던 가수 차중락은 29세의 젊은 나이에 낙엽처럼 떨어져 저 세상에 가버렸다.

- 간다간다 나는 간다 너를 두고 나는 간다. '이름 모를 소녀'를 열창하던 선망의 젊은 가수 김정호는 20대 중반에 암으로 요절, 노래 가사처럼 진짜로 가버렸다.

- '이별의 종착역' '떠나가 버렸네' '내 사랑 내 곁에'를 불렀던 가수 김현식도 역시 우리 주위를 영영 떠나가 버렸다.

- '우울한 편지'를 부른 가수 유재하는 교통사고로 사망했다.

- 하수영은 '아내에게 바치는 노래'를 부르고 세상을 떠났다.

- 가수 김광석은 '서른 즈음에'를 부르고 나서 바로 그 즈음에 세상을 떠났다.

- '이별'을 불렀던 대형 가수 패티김은 작곡가 길옥윤과 이별했다.

- 고려대 법대 출신의 가수 김상희는 '멀리 있어도'를 부르면서 남편이 미국으로 유학을 가게 되어 몇 년간 떨어져 있게 되었다고 한다.

- 가수 조미미는 35세까지 결혼이 이루어지지 않았는데 '바다가 육지라면'이 히트되면서 재일 교포가 바다를 건너와 결혼이 성사되었다는 것은 누구나 다 아는 사실이나.

- 오랫동안 노처녀로 지내다가 '만남'을 부른 노사연은 행복한 결혼을 하게 되었다.

- '세상은 요지경'을 불렀던 신신애는 사기를 당해 모든 것을 잃었다. 노랫말 그대로, "여기도 짜가 저기도 짜가, 짜가가 판을 친다."였던 것이다.

- '쨍하고 해뜰 날 돌아온단다'를 불렀던 가수 송대관은 한동안 주춤했다가 노랫말대로 진짜 쨍하고 해뜨는 날이 오게 된 것이다. 송대관은 그의 첫 히트곡이 '세월이 약이겠지요'이었다. 이 노래 제목처럼 진짜로 세월이 약이 된 것이다.

가수가 노래 한곡을 취입하기 위해 같은 노래를 보통 2,000 ~ 3,000번이나 부른다고 한다. 이렇게 하다보면 똑같은 일이 생겨난다고 한다.

우리나라가 그래도 이만큼 잘 살게 된 이유가 코흘리개 아이들 때문이었다고 한다. 그 아이들이 코를 흘리니까 어른들이 말하기를 "얘야! 흥興해라" 라는 말을 많이 해서 우리나라가 흥하게 되었다는 것이다.

언젠가 어디에서 보니 김영삼 대통령이 중학생 때 자기 집 제 책상 앞에 '미래의 대통령 김영삼'이라고 써 붙여놨었다고 했다. 우리 생각 좀 해보자.

맹자의 어머니가 맹자를 가르치기 위해 세 번 이사했다는 고사에서 맹모삼천지교孟母三遷之教란 말이 있지만 한 사람의 교육과 운명은 태생 전 태 교육으로부터 시작해서 태생 후 작명作名으로 이어질 뿐만 아니라 살면서 입 밖으로 내뱉는 말 한 마디, 품는 생각 하나, 꾸는 꿈 하나하나가 결정하는 것이리라.

로맨스의 라벨과 품질

마트에 가면 수많은 가공 식료품 라벨이 있듯이 남녀 간 관계에 있어서도 여러 가지 라벨이 붙는 것 같다. 그냥 지인, 막연히 호감을 느끼는 '썸'한 사이, 사귀는 사이, 고정 남자 친구 또는 여자 친구, 약혼자, 동거하는 남녀의 내연 관계, 법적으로 결혼한 부부, 혼외정부情夫/情婦 또는 사모하기만 하는 연인이나 진정으로 사귀는 사람 정인情人 등등 말이다.

1957년 개봉한 영화 '처와 애인'이 있다. 김성민 감독에 주증녀, 이택균, 강숙희와 김승호가 출연한 그 당시 '신파조新派調'로 분류됐던 멜로드라마이다.

택균과 증녀 부부는 북에서 행복한 나날을 보내다가 6.25

사변으로 택균이 먼저 남하하고 증녀가 뒤늦게 남하한다. 먼저 남하한 택균은 음악가 숙희와 더불어 열렬한 사랑을 하고, 뒤늦게 남하하여 그 사실을 안 증녀는 눈물로 세월을 보낸다. 고민하던 택균은 마침내 아내인 증녀에게 돌아간다.

60년이란 세월이 지난 오늘날 세태가 많이 바뀌었을 한국 사정은 해외에 사는 입장이라 잘 모르겠지만, 미국의 풍속도만 보더라도 전에는 상상도 할 수 없던 다양한 형태로 발전해 온 것 같다.

특히 요즘 젊은이들 사이에선 '후킹 업hooking up'이라는 아무런 부담 없이 하는 섹스가 유행이고, '학기말을 위한 편리한 친구들Finals Friends With Benefits'이라고 학기말 시험으로 생기는 스트레스 긴장감을 풀어 해소시키기 위한 섹스 파트너들이 있다고 한다.

그러니 더 이상 옛날처럼 '싱글'이냐 아니면 '누구와 사귀는 중in a relationship'이냐, '모든 사람에게 맞는 두 사이즈two-sizes-fit-all'만 있는 게 아니다. 오늘날에 와서는 어느 누가 배타적이고 독점적인 관계를 맺으려고 하면 쿨하지 못하고 시대에 뒤진 구식舊式쟁이 취급 받는단다.

다시 말해 '싱글'로부터 시작해 아무런 감정 없이 순전히 육체적인 '후 컵', 겨울에 외출해 사람들 만나기엔 너무 추운 날씨라 집안에서 따뜻하고 아늑하게 순전히 육체적인 성관계 스킨쉽skinship만 하는 소맷부리 '커프스cuff'로 부르는 관계, 같은 사람하고 반복적으로 섹스만 하는 사이, 정식으로 데이트하는 관계, 그리고 최종 결승선 테이프를 끊고 맺는 '두 사람 사이의 관계in a relationship'까지 그 스펙트럼spectrum은 아주 광범위하단다.

이런 현상이 뭘 말하는 것일까? 손해 보지 않겠다는 이해타산 때문일까 아니면 감성적이든 물질적이든 어떤 부담이나 책임도 지지 않고 회피하려는 우유부단함일까. 그도 아니라면 신념도 용기도 열정도 없이 허수아비 같은 인형들로 전락한 것일까, 심히 한심스러울 뿐이다.

진주를 캐려면 목숨 걸고 깊은 바닷물에 뛰어들어야 하듯 영어로 All or Nothing이라고, 또 Now or Never 라고, 진정한 삶이란 정호승 시집 제목처럼 '사랑하다 죽어버려라'고 하기 보다는 '사랑으로 삶을 살아버려라'라고 해야 하지 않을까. 왜냐하면 사랑으로 숨 쉬는 순간순간이 바로 극락생極樂生이요, 사랑의 마지막 숨을 내쉬는 순간이 극락길로 가는 극락사極樂死가 되어 극락왕생極樂往生 할 테니까. 설혹 그런 일이 없더라도 이승이든 저승이든 사랑하면 언제나 극락계極樂界가 되리. 그 이상의 행복이 어디 있으랴.

It's not thoughts
but love

몰입한다는 것

"신기하게 안 떨리더라. 무대에서 내가 뭘 하고 있는지 알았다. 연주는 손이 저절로 하고 있었고, 나는 내가 연주하는 음악을 즐기면서 듣고 있었다."

최근 제17회 쇼팽 콩쿠르에서 우승한 피아니스트 조성진의 말이다. 이게 어디 조성진 군만의 얘기일까. 언제 어디서나 우리가 뭘 하든 다 경험하는 일 아닌가. 어린애들이 뭘 갖고 놀든 놀이에 몰입하는 걸 보면 알 수 있지 않나.

우주 만물이 생긴 그대로, 있는 그대로, 손은 손대로 발은 발대로 날개는 날개대로 움직이고, 눈과 귀는 보이는 대로 들리는 대로 보고 들으며, 가슴과 머리는 뛰는 대로 떠오르는 대로 느끼고 생각하게 되지 않는가.

최근 최돈선 시인이 시집 '사람이 애인이다'를 펴냈는데 마치 애인처럼 사람들을 사랑하고 좋아하는 시인의 시에는 두 개의 풍경, 곧 시의 풍경과 사람의 풍경이 있단다. 다음에 연작으로 속편 시집이 나온다면 그 제목을 '만물이 애물이다'로 해주시라고 주문하고 싶다.

사람뿐만 아니라 만물을, 물론 한 번에 하나씩, 사랑하고 좋아하는 일에 몰입하노라면 나와 만물 사이에 구분이 없어지고, 문자 그대로 혼연일체渾然一體로 혼연천성渾然天成이 되기에 말이다.

우리가 노래를 부르고 춤을 추든, 악기를 연주하든, 글을 쓰고 그림을 그리든, 사랑을 하고 무슨 짓을 하든, 하는 일에 몰입하다 보면, 소리와 내가, 동작과 몸이, 악기와 몸이, 글과 생각이, 그림과 느낌이, 너와 내가, 꿈과 현실이 같은 하나가 되지 않던가.

이런 경지를 불교에선 무아의 열반지경이라 하고, 성적性的으로는 오르가즘이라 하는 것이리라.

우리 최돈선의 시 '영원한 사람들'을 음미해보자.

누가 구름이라 하는가

어느 날의 헛된 꿈이라 하는가

호롱꽃으로 불 밝히던 추억

오오 가슴에 남아 여울지던 눈물겨움이여

그리운 이의 얼굴이 메아리처럼 울려

떠오른다.

누군가 올 것이다

가슴으로 조용히 흔들려 다가올 것이다.

그대들 아름다왔으매

아름다운 그대들 나라로

영원히 떠나 살리라.

훨어이 훨어이 하늘로 날자

요즘 미국에선 백인 중년층의 사망률이 급증하고 있다는 보도다. 특히 주목을 끄는 것은 자살과 마약남용이 그 요인으로 지적되고 있음이다.

뉴욕타임스는 2015년 11월 3일자 '공화당 대선후보들을 후보 자신들로부터 구하기Saving Candidates From Themselves'란 제목의 사설에서 2012년 공화당 후보 밋트 롬니가 민주당의 버락 오바마에게 패한 후 그 패인을 연구 조사한 보고서의 "어떤 정치적 토론도 도전적이고 생동감 있게 공정하지 않으면 의미가 없다. No debate will be meaningful if it is not challenging, vigorous and fair"는 말을 인용했다.

이 스스로를 구원하라는 말은 정치인들뿐만 아니라 모든 사람에게 적용되는 지상지침至上指針이리라.

미국의 자연주의 철학자 헨리 데이비드 소로Henry David Thoreau(1817–1862)가 부富 같이 사람들이 좋다고 하는 것이 실은 나쁜 것이라고 주장했듯이 "네가 네 삶을 간소화할수록 우주법칙도 간소화될 것이고, 고독이 고독이 아니고, 빈곤이 빈곤이 아니며, 약함이 약함이 아니다. As you simplify your life the laws of the universe will be simpler; solitude will not be solitude; poverty will not be poverty, nor weakness weakness." 이렇게 말할 수 있으리라.

이는 물신주의 노예가 된 현대인들에게 일찍이 우리 선인들이 권장한 대로, 편안한 마음으로 제 분수를 지키며 만족함을 안다는 뜻의 안분지족安分知足하고, 구차한 중에도 편안한 마음으로 도道를 즐긴다는 의미의 안빈낙도安貧樂道하라는 것이리라.

미국의 가장 위대한 법철학자로 꼽히는 올리버 웬델 홈스Oliver Wendell Holmes(1841–1935)도 갈파했듯이 "삶 그 자체가 목적이고, 그 삶이 살만한 가치가 있는가에 대한 유일한 문제는 네가 그 삶을 얼마나 충만하게 사는가이다. Life is an end to itself and the only question as to whether it is worth living is whether you have enough of it."

그러자면 우리는 우리 삶을, 우리 느낌과 생각을, 우리 사랑을 간소화할 필요가 있지 않을까. 불필요하고 거추장스러운 짐, 온갖 잡동사니를 가차 없이 단호하게 하나 둘 다 버려야 한다. 특히 오늘날처럼 인터넷에 오만소리 잡음과 오만가지 정보홍수가 범람하는 마당에서 눈 깜짝할 만큼 짧은 우리 인생의 소중한 순간순간을 우리가 어찌 한 찰나인들 낭비하고 허비할 수 있단 말인가.

여행은 가볍게 해야 한다. 짐을 무겁게 많이 갖지 말고 몸도 마음도 가볍게 해야 여행을 즐기면서 잘 할 수 있다. 우리 인생 여로도 마찬가지 아니겠는가. 벌레처럼 기어서 또는 동물처럼 뜀박질로 갈 수도 있겠지만, 더 좀 많이 보려면 새처럼 하늘 높이 날아야 하지 않겠는가.

그러려면 우리 몸을 불사르는 혼불을 지펴야 하리라. 확대경으로 햇빛을 한 데 모아야 불꽃을 피울 수 있듯이 우리 삶의 모든 열정과 사랑과 꿈을 한 점으로 집약 압축 축소시킬 때에라야 가능하리라. 그제야 모든 '쓰레기'를 다 불태워버리고, 훠어이, 훠어이, 하늘로 날 수 있으리라.

백인덕의 시집 '단단斷斷함에 대하여'에 수록된 시를 음미해 보자.

난경難境 읽는 밤 · 2

새벽, 헛기침에

괜시리 덧창을 연다.

겨우 산맥 하나를 넘었다.

(…….)

어려워라,

목숨이여, 시여,

손끝에는 밤새 더듬은 돌멩이와 풀뿌리,

길 아닌 것들의 실핏줄이 걸려 있다.

(…….)

이 시를 오민석 시인은 이렇게 풀이한다.

생은 늘 산 넘어 산, 바다 건너 바다이다. 누구는 우공이산愚公移山이라고 말하지만, 우리는 산을 옮길 힘이 없다. 그냥 넘어갈 뿐. 겨우 산맥 하나를 넘어가는데도 손끝에는 밤새 더듬은 돌멩이와 풀뿌리가 걸려 있다. 게다가 넘어온 길이 길 아닌 것들이라면 어찌할 것인가. 잊은 듯 지내다가도 이 '어려운 경지(난경)'가 사실은 삶의 민낯이라는 것을 깨달을 때, 그것을 읽는 자세가 문제가 된다. 어려운 현실을 어렵다고 읽는 것, "어려워라, 목숨이여, 시여"라고 고백하는 것을 우리는 '정공법'이라 부른다. 위장僞裝의 정치보다 시가 한 수 위인 이유이다.

심곡이 깊다하되

'태산泰山이 높다하되 하늘아래 뫼이로다.' 이 시조 한 수를 읊은 이는 봉래 양사언 (1517-1584)이라고도 하고 율곡 이이 (1536-1584)라고도 한다.

중국 산동성의 태산은 그리 높지가 않지만 우리나라의 한라산, 설악산, 백두산은 그보다 높단다. 태산泰山이 있으려면 깊은 골짜기 심곡深谷이 먼저 있어야 한다. 그렇다면 이 시조를 또 이렇게 변조해 읊어 볼 수 있지 않을까.

심곡이 깊다하되 땅위에 골짜기로다.

내리고 또 내리면 못 내릴 리 없건마는

사람이 제 아니 내리고 계곡만 깊다 하더라.

영어에 이런 말이 있다. '최선을 희망하되 최악에 대비하라. Hope for the best. Prepare for the worst.' 되면 좋고 안 되도 그만이란 뜻이다. 우리말로는 밑져야 본전이라고 처음부터 최악을 각오하고 시작하면 크게 실망할 일 없이, 마음의 여유를 갖고, 안절부절하지 않게 된다는 의미이다.

아주 어렸을 때부터 내가 직접 거듭 경험한 바로는 방심이나 안심하고 했다가는 어른들로부터 꾸지람을 듣든가 낭패를 보게 되고, 많이 걱정했다가는 생각했던 것보다 쉽게 일이 잘 풀리곤 했다. 그래서인지 연애고 사업이고 아무 일을 하더라도 난 언제나 미리 마음의 준비를 해두는 버릇을 길러왔다. 태산을 오르더라도 낭떠러지로 깊은 산골짜기 밑바닥까지 떨어질 각오가 되어 있으면 겁날 것이 없었다. 극단적으로 죽을 각오라면 뭔들 못하랴. 내세가 있고 지옥이 있다 가정하더라도 지옥의 맨 밑바닥까지 떨어질 각오만 돼 있다면 뭣이 두려우랴.

그런데 인생 80년 가까이 살아오면서 겪어보니, 어려움도 아픔도 슬픔도 언제나 생각보단 훨씬 덜하고, 기대감을 맨 바닥인 제로로 낮추고 시작하면 실망할 일도 절망할 일도 없이 결과가 언제나 기대 이상으로 기쁘고 만족스러우며 감사할 뿐이다.

그래서 세상의 단맛 보기 전에 쓴맛부터 봐야 한다고, 고생 끝에 즐거움이 온다고 고진감래苦盡甘來라 하는 것이리라. 이 '고진감래'라는 말은 산을 오르는 힘은 골짜기에서 길러진다는 뜻일 게다.

우리 이현호 시집 '라이터 좀 빌립시다'에 수록된 시 '뜰힘'의 원천을 생각해보자.

새를 날게 하는 건
날개의 몸일까 새라는 이름일까
구름을 띄우는 게
구름이라는 이름의 부력이라면
나는 입술이 닳도록
네 이름을 하늘에 풀어놓겠지
여기서 가장 먼 별의 이름을
잠든 너의 귓속에 속삭이겠지
(…….)

It's not thoughts but love

역사의 진실이란

2015년 노벨문학상을 스베틀라나 알렉시에비치에게 수여하면서 스웨덴 아카데미는 이렇게 성명을 발표했다.

그녀의 "다성곡적多聲曲的 서술은 우리 시대 사람들의 수난과 용기에 대한 기념비polyphonic writings…a monument to suffering and courage in our time"라며 "비상하고 특별한 방식, 곧 다양한 인간의 목소리를 콜라주로 세심하게 합성함으로써 알렉시에비치는 우리가 포괄적으로 우리 시대를 깊이 이해하도록 해준다. By means of her extraordinary method- a carefully composed collage of human voices, Alexievich deepens our comprehension of an entire era." 라고 평하고 있다.

우리 그녀가 하는 말을 직접 들어 보자.

"나는 단순히 사건들과 사실들의 박제된 역사를 기록하지 않고, 인간의 감성적인 느낌들의 역사적인 이야기를 기재한다. 어떤 사건이 벌어지는 동안 사람들이 뭘 생각하고 그 사태를 어떻게 이해하며, 그 와중에 무엇을 기억하는지를. 그들이 뭘 믿거나 불신했는지, 어떤 환상과 희망과 공포를 경험했는지를, 어떻든 실제로 발생한 수많은 일들을 상상하거나 지어낸다는 건 불가능하다. 10년 아니면 20년 또는 50년 전에 우리가 어땠었는지 우린 쉽사리 잊어버린다. 난 관찰하고 뉘앙스와 구체적인 사안들을 찾아보려고 삶을 탐색한다. 내 인생의 관심사는 어떤 사건도, 전쟁도, 체르노빌 원전 사고도, 자살 등, 잡다한 사태 그 자체가 아니기 때문이다. 내가 관심을 갖는 것은 인간에게 어떤 일이 일어나는가이다. I don't just record a dry history of events and facts, I'm writing a history of human feelings. What people thought, understood and remembered during the event. What they believed in or mistrusted, what illusions, hopes and fears they experienced. This is impossible to imagine or invent, at any rate in such multitude of real details. We quickly forget what we were like ten or twenty or fifty years ago....I'm searching life for observations, nuances, details. Because my interest in life is not the event as such, not war as such, not Chernobyl as such, not suicide as such. What I am interested in is what happens to the human being"

인간에게 어떤 일이 벌어지는가에 대한 알렉시에비치의 관심은 그녀의 글 문장마다 진하게 배어 있어 인간을 깊이 이해할 수 있는 긍휼과 연민의 자비를 증언하는 작품들이라는 것이 평자들의 일치된 의견이다.

이와 같은 관심은 민족과 국가, 나아가 인류역사를 기록하는 데 있어서뿐만 아니라 우리 개개인의 개인사를 기억하는데도 꼭 필요하리라. 개인사를 제대로 이해해야 민족과 국가 그리고 인류사를 올바로 이해할 수 있게 될 테니까. 다시 말해 모든 것이 인간을 이해하는 문제로 귀결되리라.

어떠한 이념이나 사상도 인간 조건을 충분히 고려하지 않은 것들은 하나같이 자연의 질서와 참된 인간성을 파괴하는 극약처방이 아니었나. 그러니 역사를 기록한다는 게 사후약방문이 되어서는 안 된다는 말이다.

우리 역사에 관한 시 세 편을 곱씹어 보자.

역사

역사책은 참 이상하다.

왕과 장군의 이름만 나온다.

워털루 전쟁 대목에서도,

"워털루 전쟁에서 나폴레옹이 졌다"라고만 돼 있다.

어디 나폴레옹이 싸웠나? 졸병들이 싸웠지.

역사책 어느 페이지를 들춰봐도 졸병 전사자 명단은 없다.

삼국지를 봐도

"적벽대전에서 조조가 제갈량한테 대패하다"라고 되어 있다.
어디 조조와 제갈량만 싸웠나? 졸병들이 싸웠지.

- 마광수 시인

역사

사람들은 저마다 떠들어댄다.
어제가 묻힌 무덤들이 역사라고
지금이 현재이고
내일이 미래이며
어제가 과거이고, 역사라고 한다.
하지만
오늘도 어제가 될 것이고
내일도 어제가 될 것이니,
종국에는 모든 삶은 어제가 될 것이다.
나는 과거의 어느 순간에서
미래의 어느 순간까지를 살고 있다.
한 치의 공간도 허락지 않는 수많은 점들이
과거에서 현재를 거쳐 미래로 달려가는
하나의 직선 위
나는 그 어느 선분만큼은 살아갈 뿐이다.
말하자면 짧은 선분 안에서는

오늘도 역사이고

내일도 역사이니

사는 순간순간이 또 하나의 역사이다.

- 운순찬 시인

역사의 진실이란

어릴 땐

역사를 믿었지

위인전을 믿었지

역사에 찬란했던 그 영웅들을

한없이 동경했지

선한 영웅은 한없이 훌륭하고

미운 악인은 한없이 나쁜 줄 알았지

그러나 살면서 겪고 보았다.

쓰레기가 영웅이 되는 것도

선하고 아름다운 이가 사형수가 되는 것도

미운 놈은 나쁜 놈이 된다는 걸

지는 놈은 죽일 놈이 된다는 걸

이제는 보인다.

모두가 성자라고 하는데 악마가

모두가 악마라고 하는데 성자의 모습이

이제야 안다.

역사는 승자의 역사로

더해지고 부풀리는 걸

진실과 아름다운 건

오히려

멸시와 무관심으로 묻힌다는 걸

- 김대식 시인

It's not thoughts
but love

Cosmian

'코스미안세대'의 도래를 고대하며

한국사회에서 '88만원 세대'가 최근 모든 것을 포기한다는 'N포 세대'로 변했다는데 이야말로 희망의 서광The Dawn of Hope이 아닐까. 동트는 새벽 직전 밤하늘이 가장 깜깜하다 하지 않나.

21세기에 들어와 등장한 것이 미국의 '밀레니얼Millennial 세대', 일본의 '사토리 세대', 그리고 중국의 '바링허우八零後 세대'다.

밀레니얼 세대란 1980년대 초반에서 2000년대 초반 사이에 출생한 세대로, 인터넷과 함께 성장한 '디지털 네이티브'를 가리킨다. 깨달음을 뜻하는 '사토리' 세대는 1980년대 후반에서 1990년대 후반 사이에 태어난 세대로, 안정된 직장이나 출세에 무관심하고 물질적 욕망에 '달관'한 세대를 지칭하는가 하면, 바링허우 세대는 한 가정 한 자녀 정책 실시 이후 1980년대 출산한 외동아이들로 친할아버지와 할머니, 외할아버지와 할머니, 그리고 아빠와 엄마의 사랑과 경제적 도움을 듬뿍 받고 돈주머니 여섯 개씩 찬 '샤오황디小皇帝'와 '샤오궁주小公主'들을 말한다.

이렇게 대조적인 세 가지 유형, 정보통신기술에 노예화된 밀레니얼 세대와 유체이탈화해 가는 사토리 세대 그리고 자기중심적 자폐아들의 바링허우 세대에 비해 한국의 N포 세대가 더 희망적이라고 봐야 할 것 같다.

차라리 우물 안 개구리 같은 판을 깨버리고 우물 밖으로 시야를 넓히려면 우물 안에서 벌어지는 아귀餓鬼 다툼에서 벗어나 하늘부터 봐야 하지 않을까.

시인 윤동주는 그의 시에서 '눈감고 가라'고 한다.

눈감고 가라

태양을 사모하는 아이들아

별을 사랑하는 아이들아

밤이 어두웠는데

눈감고 가거라
발부리에 돌이 채이거든
감았던 눈을 활짝 떠라

이슬처럼 샛별처럼 영롱한 이 시구에 나는 후렴구를 하나 달아보리라.

별에서 온 아이들아
별로 돌아갈 아이들아
새벽이 가까웠는데
눈뜨고 찬란한 아침을 맞거라
눈앞이 아직 깜깜하거든
네 안에 네 별빛을 보거라.

삶은 공평하다

흔히 삶은 불공평하다Life is unfair고 말하지만 실은 그렇지 않은 것 같다. 영어로 '죽음은 모든 사람을 평준화한다. Death levels all men'는 말이 있다. 그런데 이 세상에 태어나는 건 그렇지 않아 보인다. 요즘 한국에선 금수저니 은수저니 동수저니 흙수저니 하는 수저론이 회자되고 있다지만 우리 좀 살펴보자.

사람이 쓴 맛을 본 연후에라야 단 맛을 제대로 음미할 수 있듯이 수고 없이 주어진 건 제대로 누릴 수 없지 않던가. 우리 모두 빈손으로 왔으니 뭘 얻고 갖게 되던 다 남는 장사하다가 다 놓고 떠나게 되지 않는가.

어디 그뿐인가. 세상사는 이치가 얻는 게 있으면 잃는 게 있고, 잃는 게 있으면 뜻밖에 얻는 게 있기 마련이다. 그래서 사는 동안에도 평준화가 항상 이뤄지고 있다. 숨을 내쉬어야 들이쉬게 되고, 배설을 해야 음식물을 섭취할 수 있으며, 시장기가 최고의 반찬이라고 하듯 말이다.

또 한 예로 사람들의 선호대상인 건강하고 잘생긴 미남과 미녀의 잣대를 살펴보자. 몸은 건강해도 마음이 불구이거나 외모는 아름다워도 마음씨가 고약한 사람이 있을 수 있지 않은가.

프랑스 작가 빅토르 위고의 1831년 출간된 장편 소설 '파리의 노트르담Notre-Dame de Paris' 영어명은 '노트르담의 꼽추The Hunchback of Notre-Dame'를 많은 사람들이 기억할 것이다. 1956년 개봉된 영화에선 안소니 퀸이 맡은 '콰지모도' 역은 겉이 추해도 속이 아름다움이 진정한 아름다움이라는 화두를 던진다. 픽션에선 그렇다 하더라도 실제로도 그런 예를 하나 들어 보자.

26살의 리지 벨라스케스는 한때 세상에서 가장 추한 여자로 불렸다. 키 157센티미터, 몸무게 26㎏에다 지방이 별로 없어 뼈만 앙상한데다 한쪽 눈까지 멀었고, 조로증과 아무리 음식을 먹어도 살이 찌지 않는 거미손 증후군을 앓고 있는 여성이다. 그녀는 2015년 10월 28일 미 의회 상-하원 의원들을 상대로 연방 차원의 학교 왕따 방지법 입법의 필요성을 호소

했다.

남들에게 어떻게 보이든 그녀의 부모에게는 세상에서 가장 예쁜 아이로 자라다 유치원에 간 첫날부터 괴롭힘을 당하기 시작했고, 17세 되던 해 유튜브에 뜬 자신의 영상을 보고 '괴물이다', '불에 타 죽어버리라'는 등의 악성 댓글을 대하며 많이 괴로웠지만 극복했다. 텍사스 주립대에서 커뮤니케이션을 전공한 그녀는 자신의 유튜브 채널을 만들고 자신의 이야기를 다룬 '용감한 사람'이란 다큐멘터리를 만들어 올렸다.

자신과 다르다고, 상품화된 마네킹 같지 않다고, 남의 진가를 못 알아보는 사람들이야말로 눈뜬장님들이 아니랴. 예부터 겉이 화려하면 속이 빈약하다고 외화내빈外華內貧이라 하지 않았나. 약방의 감초 같은 얘기 하나 해보리라.

내가 젊었을 때 바람둥이 친구가 하나 있었다. 지금 와서 돌이켜 보면 이 친구야말로 일찌감치 도통道通한 입신지경入神之境에 도달하지 않았었나 싶다. 이 친구는 얼굴이 못생겼거나 몸맵시가 없어 남자들이 거들떠보지도 않는 여자들만 상대하는 것이었다. 친구말로는 못생긴 여자일수록 속궁합은 훨씬 더 좋더란다.

어쩜 그래서 자고로 미인은 흔히 불행하거나 병약하여 요절

하는 일이 많다고 미인박명美人薄命이라 하고, 재주가 뛰어난 사람은 덕이 없다고 재인부덕才人不德하다 하는 것이리라. 재주고 재산이고, 명예고, 권력이고, 있으면 있는 대로, 없으면 없는 대로, 그에 상당하는 대가를 지불해야 하는 것이다. 남 보기에 좋다고 또는 나쁘다고 반드시 그렇지가 않다는 얘기다. 그러기에 삶은 공평한 것임에 틀림없어라.

달빛이 없다면 햇빛이 무슨 소용이랴!

슬픔을 동반한 우울한 정조情調나 의학적으로 우울증을 가리키는 멜랑콜리melancholy는 희랍어 'melancholia'에서 유래한 말로 검은 색을 뜻하는 멜랑melan과 담즙을 의미하는 콜레chole의 합성어인데 마치 달무리 같은 덧없는 아름다움이 배어있다.

고대 그리스에선 인간의 체액을 네 가지로 분류해 그 중 한 가지인 흑담즙이 과도하게 분비되면 우울증을 비롯한 정신병이 발생한다고 믿었다고 한다.

영국의 낭만주의 시인 존 키츠(1795 - 1821)는 탄식한다.

멜랑콜리송頌 Ode on Melancholy

불현듯 하늘에서 눈물 흘리는 구름처럼
발작 같이 멜랑콜리 증상이 일어나면
아름다움으로 머물지만 사라지는 아름다움일 뿐

But when the melancholy fit shall fall
Sudden from heaven like a weeping cloud
She dwells with Beauty- Beauty that must die

영어로 'depression'이라는 병적으로 의기소침한 우울증과는 달리 멜랑콜리라 할 때는 어떤 낙담스러운 현실과는 상관없이 삶의 실존적 애잔한 슬픔이 애절할 뿐이다. 그 덧없음이 입김 어린 안개 같고 달빛처럼 몽환적이다.

"성性노동은 단지 일이다. 나한테는 정직한 일이었다. 난 젊었을 때 성노동자였다. 힘든 일이었지만 보수가 좋았다. 부끄러운 일이 아니었다. Sex work is simply work. For me it was honest work. I was a sex worker when I was young. It was hard but well paid. There's no shame in it."

이렇게 최근 한국계 미국 코미디언 마가렛 조Margaret Cho(46)가 인터넷에서 밝히자 많은 논란을 빚었지만 수많은 전-현직 성노동자들의 절대적인 성원이 있었다. 세계 어느 시대 어느 나라를 막론하고 언제 어디서나 항상 남녀의 인연을 잠시나마 맺어 준다는 월하月下노인이 지닌 주머니의 붉은 끈 월로승月老繩에 묶인 달 속의 궁전 월궁月宮이 있어오지 않았나.

요즘 영어로는 바이폴라bipolar라는 정신의 억울抑鬱과 조양躁揚 상태가 번갈아 또는 한쪽만이 나다니는 정신병 조울증을 앓고 있는 사람이 많다고 한다. 영어로 실성한 사람을 '달빛을 쏘였다'고 'moonstruck'이라 하는데, 특히 사랑에 빠져 약간 미쳤다는 뜻으로 쓰인다.

그뿐더러 성숙한 여성의 자궁에서 정기적으로 며칠 계속하여 출혈하는 현상 '멘스'를 우리말로 월경月經이니 월사月事라 하고, 바다의 조수潮水와 한가지로 달의 영향을 받는다 하지 않는가.

불교에서는 열둘의 대서원大誓願을 발하여 중생의 질병을 구제하고, 법약을 준다는 약사여래의 오른쪽에 모시는 '일광보살日光菩薩'과 함께 상수上首에 있는 보살을 '월광보살月光菩薩'이라고 한다. 그리고 절세의 미인을 가리키는 말로 월궁에 산다는 선녀를 '월궁항아月宮姮娥'라 한다.

신윤복의 은밀한 남녀의 만남을 그린 작품 '달빛 연인' (제

작연대 : 18세기 말에서 19세기 초)에서 여인은 한결 다소곳한 모습이다. 한밤중의 어슴푸레한 달빛 속에 밀회를 나누는 두 남녀의 표정이 생생하다. 한 쪽 손으로 장옷을 여미고 있지만 여인은 남정네의 시선을 의식한 듯 볼이 발그레하게 상기 되었다.

푸른 옥색치마는 허리춤에서 질끈 동여매고 치마 아래로 역시 백설같이 눈부신 속곳가래가 달빛에 비친다. 고개를 숙이고 다소곳이 장옷을 잡은 여인의 저고리 붉은 소매 깃은 사내의 심상치 않은 시선을 이끌고 있다. 이와 같이 혜원의 여인들은 한결 같이 속곳을 드러내고 있는 '끼'있는 여인네들로 표현되지만, '미인도'는 당대의 젊은 여인의 자태가 가장 아름다운 여성미로 완벽하게 표현되어 압권을 이루는 작품이란다.

초승달 같이 가는 실눈썹과 단정하게 빗은 머리 위의 뽀얀 가리마, 윤기가 흐르는 크고 탐스러운 칠흑의 트레머리로 한껏 멋을 부렸다. 미소를 머금은 여인의 얼굴에선 아직도 앳된 모습이 역력하지만 풍성한 치마 아래로 살짝 내비친 속곳가래와 흰 버선에서 단정한 여인의 색정이 느껴진단다.

아, 달빛이 없다면 햇빛이 무슨 소용이랴!

It's not thoughts
but love

좋아하는 일만 찾아 해보리라

된장녀나 김치녀를 들먹이는 여성 혐오가 기승을 부리고 있다. 이를 "한국의 저출산, 저성장에 대한 해법은 여성의 지위 향상"이라고 스웨덴의 인구문제 석학 한스 로슬링 교수(카롤린스카 대학교)도 지적했다지만 한국에서도 뭣보다 먼저 성에 대한 고정관념이 사라져야 하리라.

마찬가지로 청년 일자리 문제에 있어서도 그 해법은 직업에 대한 고정관념을 타파하고, 정규직과 비정규직 그리고 임시직의 구분이 없어지는 추세에 적응해가는 것이리라.

요즘 미국에선 '기그 경제gig economy'란 신조어가 유행이다. '기그gig'란 1920년대 미국의 재즈 공연장 즉석에서 수시로 임시 연주자를 구해 공연하게 된 데서 생긴 단어이다. '파트타임part-timer', '프리랜서freelancer', '온디맨드on demand', '우버uber' 등과 같은 임시 고용 방식을 말한다.

소위 하드웨어hardware로 일컫는 일자리는 인공지능 컴퓨터와 로봇, 드론과 3D 프린터 등 기계로 대체되어가는 마당에 고등교육조차도 더 이상 평생직장을 보장해줄 수 없게 되었다. 따라서 표준형 인력을 양산하는 대신 창의성 있는 인재를 키워 각 분야에서 필요한 소프트웨어software를 제공하도록 해야 하리라.

그렇게 함으로써 각자는 각자의 재능과 자질을 살려 어떤 조직에도 구속되지 않은 채 사회에 공헌하면서 동시에 자신의 자유로운 삶을 즐길 수 있게 되리라. 말하자면 우리 모두가 날품팔이 예술인, 과학자, 작가, 철인이 되어 봉이 김선달이나 방랑 김삿갓처럼 또는 황진이 같이 살아보리라.

김안서 작사, 김성태 작곡으로 '꿈길에서'라는 제목으로 가곡으로도 만들어진 황진이의 시 상사몽相思夢의 꿈을 우리 한 번 같이 읊어보자.

상사상견지빙몽相思相見只憑夢

그리워라, 만날 길은 꿈길밖에 없는데

농방환시환방농儂訪歡時歡訪儂

내가 임 찾아 떠났을 때 임은 나를 찾아왔네.

원사요요타야봉願使遙遙他夜夢

바라거니, 언제일까 다음날 밤 꿈에는

일시동작로중봉一時同作路中逢

같이 떠나 오가는 길에서 만나기를

진정 인생길이 꿈길일진대 그리운 임 찾아 만나보듯이 좋아 하는 일만 찾아 해보리라.

It's not thoughts
but love

우린 각자 다 코스모스의 화신이다

"애초에 짜놓은 각본 드라마. 그 안에서의 난 그저 들러리일 뿐. 근데 누가 날 주인공으로 바꿔놨어? 바로 나였어."

케이블 채널 Mnet이 방영하는 여자 래퍼 서바이벌 프로그램 '언프리티 랩스타 시즌2'에 출연하는 피에스타라는 걸그룹 멤버 예지가 탈락의 위기에 놓인 순간 발군의 실력을 보여주며 단숨에 우승후보로 올라 무대에서 제작진을 향해 외친 말이란다.

예지의 이 말은 우리 모두에게 울림이 큰 경종이 아닐 수 없다. 사람마다 다 다른 환경과 조건에 태어나 다른 현실을 살아가지만, 남이 조종하고 시키는 대로 꼭두각시처럼 사느냐 아니면 제가 꿈꾸고 희망하는 대로 자신의 독창적인 삶과 운명을 개척하느냐는 각자의 권리와 의무이며 선택사항 아닌가.

똑같은 음식재료를 갖고도 각자가 전혀 다른 요리를 할 수 있듯이, 똑같은 백지 종이에다 똑같은 크레용과 색색이 물감으로 각자 전혀 다른 그림을 그릴 수 있듯이, 똑같은 자연과 인물을 대상으로 한다 해도 전혀 다른 풍경 산수화와 인물 초상화가 그려지지 않던가. 똑같은 길을 간다 하더라도 사람마다 보고 듣는 느낌과 생각이 다 다를 수 있지 않은가. 각자는 각자 대로 자신의 인생드라마의 주인공일 수밖에 없지 않은가.

그런데 어찌 내키지 않는 공부를 할 수 있으며, 내키지 않는 직업을 갖고, 내키지 않는 결혼을 할 수 있으랴. 좋아서 하는 일이라면 힘든 줄도 모르고 일의 능률도 날 뿐만 아니라 우선 즐거워 본인이 행복하지 않은가. 따라서 주위 사람들에게도 좋은 영향을 끼치게 마련이다. 콩이면 콩 노릇을 해야지 팥 노릇을 할 수 있겠는가.

원초적인 예로 태교를 생각해보자. 엄마의 만족이 태아에게 무엇보다 중요하다 하지 않는가. 태어난 이후로도 요람에서 무덤까지 각자는 자신만의 태교를 이어가면서 다른 사람이 아닌 자기 자신을 만족시켜 나가야 할 것 같다.

사랑스러운 아역스타 김유정(16)이 훌쩍 자라 최근 개봉한 영화 '비밀'의 주역을 맡았다는데, 한 인터뷰에서 이렇게 말했다고 한다.

"아역에서 성인 연기자로 넘어가는 데 대해 크게 걱정하지는 않았어요. 잘 할 수 있다는 자신감 때문이 아니라 흘러가는 대로 받아들이면 되지 않을까 하는 생각 때문이에요. 어렸을 적부터 차근차근, 제 나이 때 할 수 있는 역할, 최대한 즐길 수 있는 역할을 하면서 지금까지 왔어요. 또 많이 할수록 배운다고 생각하고 처음 해 온대로 잘 유지해야 나중에 후회하지 않을 거라고 생각해요. 억지로 나를 바꿔놓으려 하지 않겠다고 마음을 먹었어요. 20살이 되면 또 그에 맞는 역할을 할 수 있겠죠."

아, 이것이 우리 각자가 다 자기 삶의 주역으로 사는 비밀의 열쇠가 아니랴! 억지로 자신을 바꾸려 하지 않고 각자는 각자대로 자신의 삶을 살 때 무질서한 카오스가 아닌 조화롭고 아름다운 코스모스가 될 수 있으리라.

그럴 때 비로소 우리 모두 하나같이 날이면 날마다 아무하고도 비교할 수 없는 유일무이한 '복면가왕'으로 새 역사를 쓰는 것이리라. 최근 MBC '일밤-복면가왕'의 13, 14, 15, 16대에서 4연속으로 등극한 '소녀의 순정 코스모스' 같이 말이다.

매회 독보적인 가창력을 선보이며 '갓스모스'라는 별명으로 사랑 받았다는 '코스모스'처럼 우리 모두 각자가 다 온 우주 코스모스의 화신임을 깨달아야 할 일이다.

It's not thoughts
but love

영화와 서커스

널 사랑하겠어
(언제까지나)
널 사랑하겠어

(지금 이 순간처럼)
이 세상 그 누구보다
널 사랑하겠어

음악 밴드그룹 '동물원'의 '널 사랑하겠어'는 김창기가 작사를 하고 노래를 부른 가사의 한 소절이다.

옛날과 달리 오늘날에 와서는 동물원이나 식물원 또는 서커스의 인기가 시들해 가고 있는 것 같다.

그 한 예로 미국 샌디아고의 씨 월드Sea World의 인기 있던 쇼가 이제는 더 이상 사람과 동물 간의 아름다운 소통이 아닌 그 정반대의 이미지로 비판의 도마 위에 올라 있다.

광활한 바다에서 마음껏 헤엄치며 살아야 할 범고래나 돌고래를 콘크리트 수족관에 가두고, 그 안에서 번식하게 만들며, 특정한 동작들을 익히도록 훈련시켜, 서커스를 하게 만드는 전 과정이 동물 학대라는 지적이다.

이것이 어디 애완동물 내지 식물들의 서커스뿐인가. 더 극심한 인명살상의 인간 서커스가 온 지구촌에 벌어지고 있지 않은가. 우선 우리가 즐기는 오락 '엔터테인먼트ENTERTAINMENT'란 것부터 좀 생각해보자.

온갖 살상무기를 동원한 전쟁놀이나 스포츠라는 미명하에 무지막지한 폭력을 인정사정없이 휘두르는 권투니 다종 격투기니 레슬링 등 잔인 무쌍한 만행들은 말할 것도 없고, 마네킹이나 인형 같은 이른바 패션모델이다 아이돌이나 부자연스러운 인조품을 대량 생산하는 연예사업 말이다.

정색을 하고 진지하게 우리 자신 스스로를 돌아보자. 직업적으로 '공인된 시인'도 아니면서, 혼자 쓰고 디자인하고 출판까지 한 엄지용(28)씨의 독립 서점가 베스트셀러 시집 '시다발'에 수록된 시 '영화' 살펴보자.

너와 영화를 보러 가면
나는 종종 스크린 대신 너를 보곤 했다
영화를 보는 너를 바라봤다
즐거운 장면을 보는 너는 어떤지
슬픈 장면을 보는 너는 어떤지
너는 매 순간을 어떻게 맞이하는지
그렇게 너를 바라보곤 했다
그러다
너와 눈이 마주칠 때면
내겐 그 순간이 영화였다

이게 어디 연애하는 연인이나 사랑하는 가족 특히 어린 아이들뿐이랴. 동물이나 식물 또는 광물 등 가릴 것 없이 내가 순간적으로나마 마주하게 되는 만물의 우주 영화이리라.

It's not thoughts but love

唾面自乾

타면자건

아프리카 동부지역의 케냐는 메마른 초원지역으로 비가 잘 오지 않아 늘 건조해서 물이 아주 귀하다고 한다. 그래서 케냐의 전통적으로 용맹한 부족 마사이족은 반가운 사람을 만나면 침을 뱉어 인사한단다. 침은 물이고 상대방에게 주는 '물의 축복' 이라는 의미란다.

앞으로 세계가 물 부족 현상이 일어날 때를 대비해서라도 침에 담긴 깊은 뜻을 되새김질해볼 일이다. 우리 동양에도 타면자건唾面自乾이란 고사성어가 있다.

중국 당나라의 관리 누사덕婁師德은 마음이 넓기로 소문난 사람이었다. 성품이 따뜻하고 너그러워 아무리 화나는 일이 생겨도 흔들림이 없었다. 그는 동생이 높은 관직에 임용되자 따로 불러 물었다.

“우리 형제가 함께 출세하고 황제의 총애를 받으면 남의 시샘이 클 텐데 너는 어찌 처신할 셈이냐”

“남이 내 얼굴에 침을 뱉더라도 화내지 않고 닦겠습니다.”

동생의 대답에 형이 나지막이 타일렀다.

“내가 염려하는 일이 바로 그것이다. 침 같은 것은 닦지 않아도 그냥 두면 자연히 마를 것이야.”

화가 나서 침을 뱉었는데 그 자리에서 닦으면 더 크게 화를 낼 것이니, 닦지 말고 그대로 두라는 당부였다.

이 누사덕의 지혜를 오늘날 가장 완벽하게 실천한 지도자가 버락 오바마 미국 대통령이다.

최근 대국민 직접 소통에 나선 오바마의 개인 트위터 계정에는 모욕적인 악플이 범람했다. 심지어 ‘검은 원숭이’, ‘원숭이 우리로 돌아가라’는 흑인 비하 댓글도 있다. 하지만 오바마는 자신을 겨냥한 저급한 비방을 여태껏 지우지 않았다고 한다. '사이버 침'이 SNS에서 그냥 마르도록 내버려 둔 것이다.

오바마의 놀라운 포용 정치가 다시 빛을 발했다. 최근 백인 청년의 총기 난사로 숨진 흑인 목사를 비롯한 교인들 장례식에 참석해 추모사를 읽던 오바마가 잠시 고개를 숙이고 침묵하더니 반주도 없이 '놀라운 은총Amazing Grace'를 부르기 시작했다. 그러자 영결식장을 가득 메운 6000여 명의 참석자는 피부색에 관계없이 모두 일어나 이 찬송가를 따라 불렀다.

오바마 대통령은 연설 도중 희생자 9명의 이름을 하나하나 부르며 "그들이 신의 은총을 받았다"고 말했다. TV로 지켜보던 국민들의 박수소리가 아메리카 전역에 울려 퍼졌다.

포용은 말처럼 쉽지 않다. 고통스러운 인내 없이는 불가능하다. 인내의 인(忍)은 심장(心)에 칼날(刃)이 박힌 모습을 본뜬 글자다. 칼날로 심장을 후비는 고통을 참아내는 것이 바로 인내다. 험난한 세상을 살아가자면 누구나 가슴에 칼날 하나쯤은 있게 마련이다. 그것을 참느냐 못 참느냐, 거기서 삶이 결판난다. 누사덕과 오바마만의 문제가 아니다.

인생사가 다 그렇지 않을까

It's not thoughts
but love

친절의 부메랑

11월 13일은 세계 친절의 날World Kindness Day이다. 일본의 '작은 친절 운동본부NGO'가 미국, 영국 등 세계 여러 나라의 유사 단체들과 연합해 2000년 홍콩 총회에서 '세계친절운동World Kindness Movement'이라는 국제NGO를 설립, '친절 선언Declaration of Kindness'을 발표했다. 현재 이 세계친절운동은 한국을 포함25개국에 대표부를 두고 있다.

세계친절운동은 국가와 문화, 인종과 종교의 경계를 넘어 공감대를 넓혀 차이와 갈등을 줄임으로써 평화롭게 조화를 이루는 세계시민들의 평화운동이다. 개인이 먼저 친절을 베풀고, 그 친절이 사회로 세계로 확산되게 하자며, 이것이 인간 및 천연 자원 착취에 대한 국제적 대응의 시발점이고, '세상을 치유하기Healing the World'란 슬로건을 내걸고 있다.

'함께하는 시민행동'이 2011년 전한 바로는 친절은 섹스보다 즐겁고 전염성이 강하단다. 72명의 다발성 경화증 환자 중 5명을 골라 한 달에 한 번씩 다른 환자들에게 15분간 전화를 걸어 얘기를 들어주는 실험을 했는데, 3년이 지나자 도움을 받은 67명의 환자들 삶의 만족도도 높아졌지만 도움을 준 5명의 만족도는 도움 받은 환자들보다 7배로 높아졌을 뿐만 아니라, 보통 물건이나 서비스의 효용도가 시간이 갈수록 감소하는 것과 달리 도움 받는 사람들이 느끼는 즐거움도 시간이 지날수록 더 커졌다고 한다.

샌프란시스코의 한 통신업체에서 직원들을 상대로 조사 관찰 해보니, 다른 직원들을 도와줌으로써 자신도 도움을 받는 직원들이 생산성도 높고, 동료들의 신임과 인정도 더 받는 것으로 나타났다.

자상하게 친절하고 배려심 있는 행동은 엔도르핀 효과가 있어 유쾌한 운동을 한 뒤 느끼게 되는 좋은 기분을 유발시킨다는 것이다. 우리 뇌 속의 미상핵caudate nucleus과 측좌핵neucleus accumbens이라는 기관은 식사나 섹스를 할 때 기쁨을 느끼게 하는 등 본능적인 욕구충족과 관련된 곳으로 기부나 선행을 할 때도 이 기관들의 활동이 활발해진다고 한다.

말하자면 친절은 맛있는 식사나 애정 어린 섹스와 같은 즐거움을 준다는 것이다. 다시 말해 우리 뇌에는 이타주의적인 욕구, 곧 진정한 사랑의 본능이 내재되어 있다는 말이다.

'당신이 베푸는 친절은 이자까지 붙어서 당신 자신에게 되돌아온다.'고 했던가. 그 예를 하나 들어보자.

최근 친구로부터 전달받은 '종업원이 건넨 쪽지'란 일화를 옮겨 본다.

지난 7월 23일 새벽 5시 반, 미국 뉴저지의 한 식당. 두 남성의 대화를 듣고 있던 한 여성이 이들에게 쪽지를 건넵니다.

"오늘 당신들의 아침은 제가 대접할게요."

여성은 식당의 종업원 24살 리즈 우드워드. 그녀는 이 식당의 7년 차 종업원입니다. 밤새 식당 일을 한 후 가게를 청소하고 퇴근하려던 그녀는 우연히 두 남자의 대화를 듣게 됩니다. 두 남자는 소방관 팀과 폴입니다. 폴은 지난 밤 창고에 난 불을 끄기 위해 12시간 동안 진화작업에 투입됐습니다. 팀은 밤새 아무것도 먹지 못한 그를 데리고 식당을 찾았습니다.

팀과 폴은 아침 식사를 하며 화재 사고에 대한 이야기를 나

줬습니다. 화재 진압을 위해 불 속으로 뛰어든 소방관에 감동한 리즈는 그들에게 영수증 대신 쪽지를 건넸습니다.

"두 분의 아침 값을 제가 대신 계산할게요. 모두가 도망쳐 나오는 곳으로 뛰어 들어가 사람들을 구하는 당신들에게 정말 감사합니다. 두 분은 용감하고, 든든한 분들입니다. 오늘은 푹 쉬세요!"

소방관들은 이 따뜻한 쪽지 이야기를 페이스북에 올렸습니다. 이 식당에 간다면 그녀에게 후한 팁을 부탁한다는 글과 함께…….

그런데 얼마 뒤 팀은 자신에게 선행을 베푼 리즈가 사실은 진짜 도움이 필요한 사람이라는 걸 알게 됐습니다. 리즈는 사지마비 환자인 아빠를 위해 밤에는 일을 하고 낮에는 그를 돌봤던 겁니다. 또 그녀는 휠체어를 탄 채 탑승할 수 있는 밴을 사기 위해 기부금을 모으는 중이었습니다.

팀은 페이스북을 통해 그녀의 사연을 전했고, 어려운 상황이지만 소방관들에게 선행을 베푼 리즈에 감동한 사람들은 그녀를 위해 기부를 했습니다. 단 하루 만에 모인 기부금액은 53,000달러였습니다. 부모님 결혼기념일인 12월 30일까지 모으려던 목표금액 17,000달러의 3배를 넘은 금액이었습니다. 이 금액이 모이는 데는 단 하루가 걸렸습니다.

작은 선행이 불러온 놀라운 기적을 리즈는 말합니다.

"부모님은 작은 도움이라도 누군가의 인생을 바꿀 수 있다고 항상 가르치셨습니다. 그리고 누군가를 도울 기회가 온다면 그들을 도우라고 하셨습니다. 저는 단지 힘든 소방관들의 웃음을 보고 싶었을 뿐입니다."

아, 그래서 세상은 거울과 같다. 네가 웃으면 세상도 웃고 네가 찌푸리면 세상도 찌푸린다. The world is like a looking glass. If you smile, it smiles back. If you frown, it frowns back.고 말하는 것이리라.

현실이란 무엇인가

디지털 문명기로 접어들고 있는 우리의 현실은 무엇일까. 가상현실VR-Virtual Reality이란 것이 게임은 물론이고 방송, 영화, 저널리즘 등 각종 미디어와 교육, 의료(원격진료), 자동차 산업(가상주행)에 이르기까지 전방위로 확대되고 있는 현실이다.

최근 뉴욕타임스와 월스트리트저널이 동시에 VR 저널리즘을 선보였다. 모바일에 VR 앱을 다운 받고 카드보드지로 만든 구글의 VR 안경을 쓰고 스마트폰을 움직여 보면, 거의 360도 현장에 있는 것처럼 생생한 입체적 뉴스를 볼 수 있다.

유튜브도 안드로이드 앱에 'VR 보기' 기능을 추가했고, 세계 독립영화의 산실인 선댄스영화제를 주최하는 선댄스재단도 VR회사와 손잡고 VR 영화 제작 지원에 나섰다.

현실과 비현실이 뒤섞인 '혼합현실'이 엄청난 '가짜 현실감'을 자아내며, 머리에 헤드셋을 끼고 가상의 세계에 빠지는 가상현실만 있는 게 아니고, 가상의 3D 영상물이 현실 공간에서 실물처럼 움직이는 '증강현실Augmented Reality'도 있어 '증강가상Augmented Virtuality'이란 용어까지 생겼다.

흔히 '인지작용이 현실Perception is reality'이라고 하지만 앞으로는 우리가 상상하는 모든 것이 우리의 현실이 된다는 것인가?

'상상력의 세계사World History of Imagination-Pour une histoire de l'imaginaire, Les Belles Lettres, Paris 1998'에서 루마니아의 신화학자 뤼시엥 보이아Lucian Boia는 "우리의 존재 자체가 상상력의 세계에 속하지 않는다고 말할 수 있겠는가? 역사의 모든 분야에서, 모든 역사적 사건에서, 모든 사상에서, 그리고 모든 행동에서 상상력을 발견한다."며 상상력이 인간의 역사를 이루는 주체이자 근원이며 그 내부에는 일정한 법칙이 존재한다는 설명이다.

우리말에 '말이 씨'라고 한다. 그보다는 '상상想像'이라 하든 '이상理想'이라 하든 '생각' 자체가 현실이라 할 수 있지 않을까. 어쩜 그래서 사람은 생각하는 갈대라고 하나 보다.

우리 원점으로 돌아가 보자. 난자와 정자의 만남을 의미하는 착상이란 현미경으로 봐도 잘 보이지 않는 아주 미세한 세포의 만남으로, 이미 남자와 여자의 몸에서 형성된 디옥시리보 핵산이라 불리는 DNA(deoxyribonucleic acid)가 착상을 통해 또 하나의 똑 같은 DNA로 만들어진다.

이렇게 한 생명의 탄생은 한 점으로부터 시작되듯이, 우주의 탄생도 한 점으로부터 시작됐다고 하지 않나. 빅뱅이라 불리는 우주의 음기陰氣와 양기陽氣의 교합交合이 지금으로부터 약 150억 년 전에 일어난 것으로 우주물리학자들은 추정하고 있다.

태양을 포함한 은하계엔 약 2천억 개의 별들이 있고, 이런 은하계가 또 2천억 개가 있으며, 이토록 광대무변의 우주도 한 점의 폭발인 빅뱅에 의해 모든 것이 다 한 점, 한 순간에서 시작되었다면, 그리고 또 지금도 계속 팽창하고 있다면, 이 한 점 속에 모든 정보가 다 들어있는 청사진이 있다는 말 아닌가.

두 개의 레이저 광선이 만나 발생하는 빛의 간섭현상을 이용하여 입체적으로 나타난 정보를 기록하고 재생하는 기술을 홀로그램hologram이라 하는데, 전체 또는 완전하다는 뜻의 홀로holo와 정보나 메시지란 의미의 그램gram의 합성어 홀로그램은 보이는 현상을 가상으로 보고, 보다 구체화된 현실, 즉 4차원 아니 그 이상의 세계가 있음을 시사하고 연상시킨다.

미국 태생의 영국 물리학자로 '양자이론Quantum Theory'등의 저자 데이비드 조세프 봄David Joseph Bohm (1917–1992)은 현대물리학과 관련된 철학적인 문제들과 사고와 의식의 본질을 연구, 깊이 탐색했다. 그는 홀로그램 우주론에서 전체로서의 우주는 그 우주 부분들의 조합이 아니고 각 부분이 전체를 포함하고 있어, 각 부분에서 전체 자체가 나타난다고 했다.

이는 대천지의 축소판이 소천지이고, 소천지의 확대판이 대천지이며, 하나의 DNA 안에 인간전체가 담겨있듯이 인간의 모든 세포 속에서 DNA가 현상한다는 말이다. 다시 말해 나와 우주, 순간과 영원이 같은 하나라는 뜻이다.

그러니 현실이란 우리 개인적인 것이 아닌 절대적 이데아, 곧, 인생의 진–선–미의 합일점 이상理想의 개별적인 실현이리라.

영국의 천체물리학자 마틴 존 리스경Sir Martin John Rees은 우주의 거시세계와 양자의 미시세계의 통합이 미래 과학의 과제라며 '우로보로스ouroboros'를 언급하는데, 이 '우로보로스'는 희랍어로 꼬리를 삼키는 자란 뜻으로 용이나 뱀이 자신의 꼬리를 집어삼키듯 처음 알파와 끝 오메가의 반복으로 영원과 무한, 곧 탄생과 죽음의 반복을 상징한다.

아, 불가사의 중에 불가사의, 미스터리 중에 미스터리, 탄생과 죽음, 순간과 영원, 나와 우주, 모든 것이 하나라는 이 신비스런 기적이 우리의 현실이리라.

It's not thoughts but love

우울증 예방 치료 처방전

요즘 남녀노소 불문하고 많은 사람들이 우울증을 앓는다는데 그 예방 치료 처방전을 하나 소개해보리라.

특히 남녀 부부 사이에서 특효가 있을 법 하다. 왜냐하면 상대방의 말을 어떻게 새겨듣고 반응하는가가 가장 중요할 테니까. 남자는 여자가 복합적인 두뇌와 신체구조를 갖고 있다는 사실을 잠시도 잊지 말아야 할 테고, 여자는 남자가 아메바처럼 단세포 동물이란 사실을 항상 명심한다면 만사형통하고, 따라서 만세동락할 수 있을 테니까 말이다.

오늘 아침 영국에 사는 친구 김원곤 씨가 이메일로 보내준 '꺼벙이 남편의 일기'를 소개한다.

0月 0日

아내가 애를 보라고 해서 열심히 애를 뚫어지게 쳐다보고 있다가 아내에게 머리통을 맞았다. 너무 아팠다!

0月 0日

아내가 빨래를 개 주라 해서 개한테 빨래 다 주었다가 아내한테 복날 개 맞듯이 맞았다. 완전 개 됐다!

0月 0日

아내가 세탁기를 돌리라고 해서 있는 힘을 다해 세탁기를 돌렸다. 세 바퀴쯤 돌리고 있는데, 아내에게 행주로 눈퉁이를 얻어맞았다. 그래도 행주는 많이 아프지 않아서 행복했다!

0月 0日

아내가 커튼을 치라고 해서 커튼을 툭 툭 툭 계속 치고 있는데, 아내가 손톱으로 얼굴을 할퀴었다. 왜 할퀴는지 모르지만 아마 사랑의 표현인가 보다. 얼굴에 생채기가 났지만 스치고 지나간 아내의 로션냄새가 참 좋았다. 아주 즐거운 하루였다!

0月 0日

아내가 분유를 타라고 했다. 그래서 이건 좀 힘든 부탁이긴 하지만 사랑하는 아내의 부탁이므로 열심히 힘을 다해서 분유통 위에 앉아 끼랴끼랴 하고 열심히 탔다. 그러고 있는데 아내가 내게 걸레를 던졌다. 가수들이 노래를 부를 때 팬들이 손수건을 던지기도 한다는데, 아내는 너무 즐거워서 걸레를 던지나 보다. 아내의 사랑에 눈시울이 뜨거워졌다!

0月 0日

아침에 일찍 회사를 가는데 아내가 문 닫고 나가라고 했다. 그래서 일단 문을 닫은 다음 나가려고 시도해 보았다. 그런데 아무리 애써도 밖으로 나갈 수가 없었다. 30분을 헤매고 있다가 아내에게 엉덩이를 발로 채여서 밖으로 나왔다. 역시 아내에게 맞고 시작하는 날은 기분이 좋다.

이거 읽고도 안 웃으면 우울증이랍니다.

상상해보게

Imagine

최근 프랑스 파리 시내 바타클랑 극장에서 벌어진 테러 사건 직후 독일 베를린 시에 있는 프랑스 대사관 정문 앞 촛불과 꽃들 사이에 피아노를 한 대 갖다 놓고 한 피아니스트가 존 레논의 노래 '상상해보게Imagine'를 연주했다.

상상해보게Imagine

하늘에 천국도 없고
땅 속에 지옥도 없다고
상상 좀 해보게
어렵지 않다네.

하늘 아래 우리 모두
오늘을 산다고…….

목숨을 뺏고 바쳐
죽이고 죽을
국가나 종교 또한 없다고
상상 좀 해보게
아주 쉽다네.
세상 모든 사람들이
싸우지 않고
평화롭게 사는 것을…….

할 수만 있다면
아무도 아무 것도
소유하지 않는다고
상상 좀 해보게
욕심 부릴 것도
굶주릴 것도 없이
세상 모든 것을
우리 모두 다 같이
나눠 쓰는 것을…….

공상 몽상 한다고

그대는 내게 말할는지 몰라도

나 혼자만이 아니라네.

언젠가 그대도

우리와 함께 손잡으면

우리 모두 한 가족

하나가 될 것이네

Imagine there's no heaven

It's easy if you try

No hell below us

Above us only sky

Imagine all the people

Living for today…….

Imagine there's no countries

It isn't hard to do

Nothing to kill or die for

And no religion too

Imagine all the people

Living life in peace…….

You may say I'm a dreamer

But I'm not the only one

I hope someday you'll join us

And the world will be as one

Imagine no possessions

I wonder if you can

No need for greed or hunger

A brotherhood of man

Imagine all the people

Sharing all the world…….

You may say I'm a dreamer

But I'm not the only one

I hope someday you'll join us

And the world will live as one

특히 "종교 또한 없다고and no religion, too"가 더할 수 없이 절실할 뿐이다. 석가와 예수 등 모든 성인, 성자들이 사랑과 자비의 박애주의를 몸소 친히 실천궁행으로 보여주었건만 어찌 이들의 이름으로 조직된 종교의 이름으로 인명을 살상하는 천하의 만행을 저지를 수 있단 말인가.

인류역사 이래 모든 경전에 기록된 성인, 성자들의 가르침이 존 레논의 '상상해보게Imagine' 이 노래 한 곡에 너무도 단순 명쾌하게 요약되어 있지 않은가. 그 이상도 그 이하도 있을 수 없으리라.

It's not thoughts
but love

성性과 부富의 허상虛像

그리스의 철학자 탈레스가 하루는 하늘을 너무 열심히 쳐다보며 길을 걷다가 시궁창에 빠지는 것을 본 하녀가 웃음을 터뜨렸다는 일화는 잘 알려져 있다.

철학이란 이런 것이 아닐까. 그래서 철학자들이란 그 해답은 모르지만 의문을 품는 사람들이라고 하는가 보다. 사람이라면 누구나 다 철학자일 수밖에 없다면 나 또한 한두 가지 의심을 해보리라. 결코 그 정답을 알 수 없는 수많은 수수께끼 중에서 내가 어려서부터 지대한 관심을 가져 온 사랑과 섹스, 성性의 진실에 대해 말이다.

최근 보도된 한 미혼모의 증언이 있다. 12살이던 2004년 멕시코시티에서 납치당한 후 성매매를 강요당해 아침부터 밤까지 하루 30명씩 4년 간 4만 3200번이나 강간당했다"고 칼라 하신토(23)는 CNN에 털어놓았다.

목표를 채우지 못하거나 몸이 좋지 않아 쉬고 싶다고 하면 구타가 잇따랐고, 1년쯤 지나 13살이던 때 한 호텔에서 손님을 받고 있는데 경찰이 호텔을 급습해 손님을 쫓아낸 일이 있었다. 하신토는 자신이 지옥을 탈출할 수 있게 됐다고 생각했다. 그러나 경찰은 그녀에게 음란한 포즈를 취하게 하며 이를 비디오로 촬영했다. 미성년자인 그녀가 구해달라며 울고불고 매달려 봤지만 아무 소용이 없었다.

15살이던 2007년에는 뚜쟁이와의 사이에서 딸도 한 명 낳았으나 뚜쟁이는 딸마저도 그녀를 옥죄기 위한 수단으로 이용했다. 그녀가 할당된 손님 수를 채우지 못하면 딸을 해치겠다고 위협했다. 하신토는 2008년 멕시코 경찰의 인신매매 일소 작전으로 4년에 걸친 성매매의 악몽에서 벗어날 수 있었다.

그녀는 지금 성매매 일소를 위한 싸움에 앞장서고 있다. 지난 5월에는 미 하원 외교위원회 세계인권소위위원회에서 인신매매의 피해에 대해 증언했고, 그녀의 증언은 성범죄자들의 신상정보를 공유하도록 하는 하원 결의안 통과에 도움이 됐다. 7월에는 바티칸에서 프란치스코 교황을 만나 인신매매 근절을 호소하기도 했다.

이것이 한 소녀의 수난기라면 중세 유럽의 성가대 소년들은 소프라노 음성을 유지하기 위해 변성기 전에 거세를 당했고, 노래를 잘 할 수 없게 되면 남창 노릇 밖에 다른 생활수단이 남아있지 않았다고 한다.

12세기 십자군전쟁 당시 한번 출전에 목숨을 걸어야 했던 십자군 기사들은 나 이외 모든 놈이 내 여자에게 접근을 못하도록 하겠다는 지극히 단순 무식한 욕망에서 내가 죽으면 너도 죽어야 한다는 의미로 자신의 아내나 애인에게 정조대를 채우는 것이 대유행이었다고 한다.

오늘날에도 아프가니스탄, 인도, 파키스탄 등 지역에서는 딸이든 누이든 아내든 엄마든 여자가 자유연애를 하거나 강간을 당하면 그 피해자에 대해 남자 가족들이 '명예살인'을 자행하고 있다.

아프리카와 중동지역에서는 어린 아동들까지 지하드Jihad라 불리는 성전聖戰이나 부족 간 전투에 동원해 전사戰士나 '자살폭탄 테러리스트'로 희생 시키고 있다.

이처럼 여호와나 알라나 신神의 이름을 빙자한 살육지변과 사랑이란 미명하에 성차별과 성폭력이 시대와 장소를 가리지 않고 저질러지고 있다.

어디 그 뿐인가. 공산주의다 자본주의다 또는 사회주의다 하는 인위적인 이념에 세뇌되고 중독되어 진정한 사랑과 인성人性을 상실해가고 있지 않나.

우리 스티브 잡스가 생의 마지막에 남긴 말을 들어보자.

난 비즈니스업계 성공의 최정상에 올랐다.

I reached the pinnacle of success in the business world.

사람들 보기엔 내 인생은 성공의 표상이다.

In other's eyes, my life is an epitome of success.

하지만 일 외엔 내겐 별 기쁨이 없다. 부란 내게 익숙한 사실일 뿐이다.

However, aside from work, I have little joy. In the end, wealth is only a fact of life that I am accustomed to.

지금 병상에 누워 내가 살아온 삶을 돌아보는 이 순간, 그 동안 그토록 자부심을 가졌던 사회적인 인정과 부는 내가 직면한 죽음 앞에서 희미한 그림자로 그 의미가 없어짐을 깨닫는다.

At this moment, lying on the sick bed and recalling my whole life, I realize that all recognition and wealth that I took so much pride in, have paled and become meaningless in the face of impending death.

어둠 속에서 난 생명 연장 기구의 초록색 빛을 보고 웅웅거리는 기계음을 들으면서 사신의 숨소리가 점점 가까이 다가오는 것을 느낄 수 있다.

In the darkness, I look at the green lights from the life supporting machines and hear the humming mechanical sounds, I can feel the breath of god of death drawing closer.

이제야 난 알게 됐다. 충분히 살만큼 부를 쌓았다면 부와는 무관한 걸 추구해야 한다는 것을.

Now I know, when we have accumulated sufficient wealth to last our lifetime, we should pursue other matters that are unrelated to wealth.

부보다 더 중요한 것이라면

Should be something that is more important

그건 어쩜 인간관계, 아니면 예술, 그도 아니면 젊은 날의 꿈

Perhaps relationships, perhaps art, perhaps a dream from younger days

끝없이 부를 추구하다가는 나처럼 삐뚤어진 인간이 되고 만다.

Non-stop pursuing of wealth will only turn a person into a twisted being, just like me.

부가 가져오는 환상이 아니고 각자 가슴 속에 사랑을 느끼도록 신은 우리에게 감성을 주셨다.

God gave us the senses to let us feel the love in everyone's heart, not the illusions brought about by wealth.

내 인생을 통해 얻은 재산을 난 갖고 갈 수 없다.

The wealth I have won in my life I cannot bring with me.

내가 가져갈 수 있는 건 사랑으로 키운 아름다운 기억들뿐이다.

What I can bring is only the memories precipitated by love.

이런 기억들이야말로 언제나 너와 함께하고 네가 버틸 힘과 희망을 주는 진정한 보배이다.

That's the true riches which will follow you, accompany you, giving you strength and light to go on.

사랑엔 거리가 없고, 삶엔 경계가 없다. 가고 싶은 데로 가고, 오르고 싶은 데로 오르라. 모든 것이 네 가슴 속에, 네 손 안에 있다.

Love can travel a thousand miles. Life has no limit. Go where you want to go. Reach the height you want to reach. It's all in your heart and in your hands.

세상에서 가장 비싼 침대는 무엇일까? '병상이다'

What is the most expensive bed in the world? 'Sick bed'

넌 네 차를 운전하고 널 위해 돈 벌어 줄 사람을 고용할 수 있어도 너 대신 병을 앓아줄 사람은 구할 수 없다.

You can employ someone to drive the car for you, make money for you but you cannot have someone to bear the sickness for you.

잃어버린 물질은 찾을 수 있어도 한 번 잃으면 되찾을 수 없는 게 하나 있다. 곧 '생명'이란 것이다.

Material things lost can be found. But there is one thing that can never be found when it is lost. 'Life'

사람이 수술실에 들어갈 때 그가 절실히 깨닫는 게 있다. 그가 아직 다 읽지 못한 한 권의 책이 있다는 것을, 다름 아닌 '건강한 삶의 독본'이다.

When a person goes into the operating room, he will realize that there is one book that he has yet to finish reading. 'Book of Healthy Life.'

우리 각자가 현재 인생 어느 시기에 있든 간에, 우리 인생무대의 막이 내리는 시점을 맞게 된다.

Whichever stage in life we are at right now, with time, we will face the day when the curtain comes down.

뭣보다 가족 간의 사랑을, 부부간의 사랑을, 친구간의 사랑을 가장 소중히 여기라.

Treasure Love for your family, love for your spouse, love for your friends.

너 자신에게 잘 대하고, 다른 사람들을 귀히 대하라.

Treat yourself well. Cherish others.

It's not thoughts but love

슬프니까 사랑이다

'이모지emoji'란 알파벳이 아닌 그림 문자를 처음으로 '2015년의 단어'로 옥스퍼드 사전이 선정했다.

이 '이모지'란 '기쁨의 눈물을 흘리는 얼굴face with tears of joy' 이미지로 노란 원 안에 다양한 표정을 넣은 이모지의 종류는 1,000개가 넘지만 옥스퍼드 사전에는 '기쁨의 눈물을 흘리는 얼굴'만 등재됐다. 옥스퍼드 사전은 매년 영어에 가장 큰 변화를 가져오거나 트렌드가 된 단어를 선정하고 있다.

싱어송라이터 루시아(본명 심규선)의 정규 2집 '라이트 & 셰이드Light & Shade 챕터2'는 아픔을 아픔으로 다스리는 '음악 위로'의 절정을 선사한다는 평이다. 특히 '아플래'는 수많은 짝사랑의 노래로 '모든 실연녀의 여신'으로 거듭난 그녀의 장기인 웅장하면서 서정적인 선율이 일품이란다.

타이틀곡 '너의 존재 위에'는 인생이란 여행에서 찾아 나서야 하는 것은 돈도 명예도 아닌 자기 자신이라는 깨달음으로 스스로 완성된 노래라고 한다.

울다가 웃다가 아니면 웃다가 울다가 하는 게 인생이라면 웃음과 눈물이야말로 삶의 빛과 그림자라 할 수 있지 않나. 태어나는 것이 낮이라면 죽는다는 것은 밤이 아니겠는가.

산다는 게 사랑하는 거라면 사랑하면 할수록 슬퍼지지 않던가. 너무 너무 기쁘다 못해 눈물이, 너무 너무 슬프다 못해 웃음이 나지 않던가. 해도 해도 더할 수 없어 가슴이 아리고 저리도록 아프기만 할 뿐이다. 태어나서, 사랑할 수 있어, 한없이 기쁘지만, 동시에 또한 한없이 슬픈 일이 아닐 수 없다. 조만간 언젠가는 헤어질 수밖에 없다는 너무도 냉엄한 자연의 이치가 말이다.

그러니 아프니까 사랑이고, 슬프니까 사랑이리라.

It's not thoughts
but love

카오스와 코스모스는 쌍태아

최근 프랑스 파리의 테러 참사와 서울에서 벌어진 폭력시위가 카오스라면 이런 카오스를 어떻게 코스모스로 돌려놓을 수가 있을까?

인류역사 이래 언제 어디서나 강자가 약자를 착취하고 괴롭히다 보면 필연적으로 약자 또한 강자에게 복수하는 '갑'질 못잖은 '을'질의 못된 짓을 저지르게 되나 보다. 궁지에 몰린 생쥐가 고양이를 물듯이 말이다.

후크 선장을 골탕 먹이는 피터 팬(1904)의 소영웅심, 얄개전'에 나오는 개구쟁이 나두수의 말썽 부리기(1954), 아무 이유 없이 살인을 저지르는 영국소설 시계태엽 오렌지A Clockwork

Orange(1962) 주인공 알렉스의 광기, 그리고 옛날로 돌아가 기원전 73년부터 71년까지 노예들을 이끌고 반로마 공화정 항쟁을 이끈 노예 검투사 스파르타쿠스, 영국의 로빈 후드, 우리나라의 홍길동, 전태일 열사, 멕시코의 농민 토지개혁 선구자 자파타, 아르헨티나 출신 쿠바의 게릴라 지도자 체 게바라, 미국의 흑인 인권 투사 맬컴 엑스, 등 등 부지기수이다.

갑질을 영어로는 bully라고 약자를 괴롭히는 사람을 지칭하지만 1530년대만 해도 남녀를 불문하고 애인sweetheart라는 뜻으로 쓰였고, 17세기 중반에 들어서는 큰소리치는 또는 저보다 약한 사람을 못살게 구는 사람으로 변했다가18세기 초에는 창녀를 보호해주는 뚜쟁이라는 의미도 생겨났다고 한다.

이렇게 고양이가 쥐 사랑하듯 하는 갑질들, 미개한 인종들을 계몽 개화시킨다는 명분으로 자행된 것이 서양 백인들의 식민지 개척이다, 노예제도다, 그리고 우리나라의 빈부귀천이니 반상적서니 남존여비니 하는 인종과 인간과 성차별, 심지어는 데이트 성폭행 내지 살인 등 등, 이런 갑질들에 반항하는 을들의 반란으로 이제 갑질의 시대가 가고 을질의 시대가 오고 있는 것인가.

그런데 문제는 옛 소련 연방 공산권과 우리 북한에서 보듯, 을들이 갑이 되면 더 심한 갑질을 한다는 것이다.

그러니 이처럼 약육강식의 정글의 법칙을 따르는 악순환의 고리를 끊고 상생의 평화롭고 조화로운 세상 코스모스를 어떻게 해야 꽃피울 수 있을까?

이 혼란스럽고 어두운 카오스의 세상을 극소화 시켜 한 직장 내 내부의 적을 다스리는 묘수 7가지를 검토해보자.

직장 사무실은 '괴물'이 득실거리는 정글 같다고 한다. 인간은 원래 변덕스럽고 허황되고 불안정한데다 경쟁심까지 보태져 수평성보다 갑과 을의 수직적 관계가 지배하는 이익집단이기에 친구는 드물고 적이 많은 곳이다. 그럼 어떻게 대처해야 할까. 포브스의 전문가들이 권장하는 7개의 해법이 있다.

1. 미운 놈을 칭찬하라.

칭찬은 위선일 수 있지만 때로는 사회의 해체를 막아주는 띠와 같다. 까칠한 참말만 있는 곳에는 평화가 없다. 결혼생활이 깨지고 팀워크가 무너진다.

철학자 에릭 호퍼가 그의 저서 '참 신자True Believer'에서 지적했듯이, 미워하는 사람에게 해악을 가하는 것은 우리 증오심의 불길에 땔감을 추가할 뿐이다. 적에게 관용을 베풀면 우리의 증오감이 무디어질 뿐만 아니라 상호 악감정을 갖고 있던 두 사람의 관계도 호전되면서 긍정적 감정의 순환고리가 형성된다.

2. 네가 하는 거짓 칭찬을 너 스스로 믿어라

직장 심리학자 빌 데이먼트의 말대로 바디 랭귀지는 우리가 상상하는 것보다 훨씬 많은 정보를 전달한다. 사람들은 본능적으로 진짜 미소와 상투적 미소를 분간한다. 상대에게 거짓말을 들키지 않으려면 스스로 자신의 거짓말을 믿어야 한다. 입술이 하는 거짓말에 몸까지 협조해야 한다.

아마 그래서일까, '네가 참말이라 믿는 거짓말은 거짓말이 아니다'란 격언도 있나 보다. 적을 칭찬할 때는 스스로 믿는 마음을 가져야 한다. 그래야만 진정성이 느껴진다. 따라서 달콤한 말과 쓴 가슴 사이의 불화를 최소화할 수 있다.

3. 인정할 것은 인정하라

입에 발린 칭찬에도 일부 진실이 담겨 있다. 너를 언짢게 하는 사람이라 해서 칭찬할 구석이 전혀 없는 것은 아니다. 인정할 것은 인정해야 한다.

적이라 생각하는 사람이 너보다 높은 자리에 있거나 더 큰 영향력이 있거나 부유하다면 거기엔 분명 그럴 만한 이유가 있다. 인정하고 싶지 않더라도 그가 자신의 위치에 걸맞은 시장가치를 지니고 있음을 받아들여야 한다.

상대의 가치를 평가절하하고 자신의 가치를 평가절상해서 키 높이를 맞추려는 치졸한 짓일랑 집어치우고 전략적으로라도 품위 있게 행동 하라.

4. 감정통제력을 키우라

마음에 미움의 감정이 형성되는 것을 허용치 말고 좋은 쪽으로 좋게 생각하라. 누군가를 미워하고 싫어하거나 사랑하고 좋아하면 상대방도 느낀다.

5. 사무실에선 일이 먼저다

네 관심을 어느 쪽에 돌릴 것인지 확실히 결정하라. 직장에서 꼭 달성하고 싶은 목표가 있다면 눈길을 딴 데서 일로 돌려라. 사무실 안의 긴장감이라든지 못마땅한 일 따위는 일단 접어 두라.

하지만 네 최대 목표가 안락하고 사랑이 넘치는 직장공동체의 일원이 되는 것이라면 새 직장을 찾아보는 게 맞다. 다만 이 경우에도 적과의 소통을 시도해보는 것이 먼저다. 또 한 가지 기억할 것은 한 직장에서 적응을 못하는 사람이라면 아무리 직장을 바꿔 봐도 마찬가지일 가능성이 높다는 거다.

6. 사무실의 적군은 축복이다

벤자민 프랭클린의 말을 명심하라. '원수를 사랑하라. 그들이야말로 네 단점을 정직하게 말해줄 사람들이다.' 자신의 맹점을 제대로 아는 사람은 드물다. 친구끼리는 서로의 단점에 대해 이야기하지 않는다. 그게 우정 어린 예의라고 생각하기 때문이다.

반면 경쟁자와 적군은 반드시 개선하고 넘어가야 할 단점에 관해 귀중한 피드백을 제공한다.

7. 인간화시켜라

'친절 하라. 네가 만나는 사람들은 모두 힘겨운 삶을 살고 있다.' 유대인 사상가 필로의 말이다. 직장에서 가장 많은 적을 둔 사람은 어쩌면 만성적인 부당대우와 정서박탈의 최대 피해자일 수 있다.

거친 듯 보이는 사람도 실은 일상생활에서 제대로 기능하기 위해 승산이 없음에도 불구하고 영웅적인 투쟁을 이어가는, 다듬어지지 않은 보석일 수 있다. 인간의 불안정성은 빈곤과 비슷한 형태를 취한다. 마치 빈곤이 그러하듯 내부의 불안정성은 마땅히 인정해야 할 것을 인정하지 않으려 드는 지질함과 옹색함을 초래한다. 두려운 적이라 생각하는 직장의 동료나 상사가 얼마나 불안정한지 알아채지 못하게 방해하는 것도 바로 이 궁색함이다.

사람들은 친절한 말 한 마디가 적을 무장해제 시키는지 깨닫지 못하고 있다. 링컨은 그의 측근에게 특정인의 이름을 거명하면서 '난 그 친구가 싫다'고 털어놓은 후 곧바로 '그에 대해 좀 더 알아야겠어.'라고 덧붙였다고 한다.

끝내 좋아하고 칭찬할 만한 이유를 발견하지 못한다면 다시 거짓말로 돌아가라. 그래도 비난이나 비판보단 칭찬을 담은 따듯한 거짓말이 긴장된 상호관계를 풀어주는데 훨씬 효과적이다.

이상의 7개 해법을 우리말 한 마디로 줄인다면 처지를 바꾸어서 생각한다는 역지사지易地思之나, 사람의 처지를 바꿔 놓으면 그 처지에 동화되어 하는 것이 같게 된다는 뜻의 역지개연易地皆然이 되지 않을까.

우리 마음먹기에 따라 우리가 사는 세상이 험한 카오스가 될 수도 아름다운 코스모스가 될 수도 있으리라. 카오스와 코스모스는 우리 우주의 양면, 곧 빛과 어둠으로 서로 보완하고 있지 않은가.

클미의 삶

'클래식에 미치다'의 앞 글자를 따서 '클미'라 불리는 페이스북 동호회가 있다. 회원 수는 2015년 11월 현재 23만 여명이고, 순수 예술 관련 블로그, 웹사이트를 포함한 온라인 커뮤니티 가운데 압도적으로 많은 수의 팬을 보유하고 있다.

하지만 다른 장르에 비해 유독 클래식 음악이 다수의 관심을 받지 못하는 가장 큰 이유는 다른 장르에 비해 길이가 길다는 것이다. 일단 곡이 길면 사람들은 들으려고 하지조차 않는다는 이야기다.

아, 그렇다면 우리 조상들이 정말로 선견지명이 있었나 보다. 숨을 쉬며 인생을 산다는 뜻으로, 가슴 뛰는 대로 사람을 사랑한다는 의미로, 단 한 글자로 줄여서 '삶'이라고, 다시 말해 '사람'과 '사랑' 의 합성어 준말로 '삶'이라고 했으니 말이다.

그런데 이런 삶을 우리는 현재 어떻게 살고 있는지 세 토막 뉴스를 통해 살펴보자.

최근 이슬람 수니파 극단주의 무장집단 IS가 프랑스 파리에서 2015년 11월 13일 연쇄 테러 참사를 저지른 직후인 17일에 20대 청년 무슬림이 파리 레퓌블리크 광장에 "나는 무슬림이다. 나는 당신을 믿는다. 당신도 나를 믿느냐? 믿는다면 나를 안아 달라."란 내용의 종이를 바닥에 깔고 눈을 가린 채 서 있었다. 그러자 길 가던 파리 시민들은 스스럼없이 다가와 그를 안아주었다.

거의 때를 같이 해서 페이스북에 공개된 베트남계 프랑스 부자의 대화가 조회 수 1,400만 건을 넘겼다. "정말 나쁜 사람들. 우리는 이사 가야 할지 몰라요"라고 말하는 다섯 살 아들에게 젊은 아빠는 "우린 떠나지 않아도 돼. 프랑스는 우리나라니까……. 이상한 사람들은 어디에나 있어"라고 대답한다. "우리에겐 총 대신 꽃이 있고……. 모든 사람들이 꽃을 갖다 놓으며 총과 맞서 싸운단다."는 아빠의 말에 "꽃은 아무 것도 못하잖아요."라던 아들은 "꽃과 촛불이 우리를 지켜주는 거군요" 라며 그 어린 고개를 끄덕인다.

그런가 하면 같은 날 지구촌 다른 곳 인도네시아에선 신혼부부가 살인혐의로 체포됐다. 인도네시아의 한 남성이 결혼 후, 아내가 처녀가 아니라는 사실을 알았다. 화가 난 남성은 결혼 전 아내를 성폭행한 남성을 아내를 시켜 유인해 살해한 뒤, 성기를 잘라 아내에게 요리하게 해서 먹어 치우는 잔혹한 범행을 저지른 혐의로 경찰의 조사를 받고 있다고 영국 일간지 데일리 메일과 AFP 등 외신들이 보도했다.

전 소련연방 당시 우크라이나의 천재소녀 시인 니카 투르비나Nika Turbina(1974-2002)의 시집 '초고First Draft'에 수록된 시 '점치기Telling Fortunes'가 생각난다.

내가 점장이었다면
그 얼마나 좋았을까.
난 꽃만 갖고 점치고
세상의 '아픈 상처'를 다
무지개로 낫게 할 텐데
What a shame that
I'm not a fortuneteller.
I would tell fortunes
only with flowers
and I would heal

the earth's wounds

with a rainbow.

촛불이나 꽃이나 무지개로 인간의 모든 광기와 상처가 치유될 수 없다 해도 세상에 모성애가 존재하는 한 인류에겐 희망이 있다. 모성애의 한 표본을 들어보자.

1865년 겨울밤 웨일즈 언덕, 한 여인이 어린 아이를 안고 언덕을 넘고 있었다. 그런데 갑자기 눈보라가 몰아치더니 주변을 새하얀 눈으로 뒤덮었다. 여인은 눈보라에 길을 잃었고, 아무리 외쳐도 도와줄 수 있는 이 없었다.

다음날 날이 밝자 눈보라는 그치고 건초를 옮기는 한 남자가 웨일즈 언덕을 넘고 있었다. 언덕을 거의 다 넘어갈 때쯤 남자가 무언가 발견했다. 속옷 차림으로 얼어 죽어있는 여인이었다.

놀랍게도 여인은 아이에게 자신의 겉옷을 말아 감싸 안은 채 숨진 상태였다. 그 겉옷을 벗기자 어린아이가 몸을 꿈틀거렸다. 아이를 살리기 위해 입고 있던 옷을 하나씩 벗어 아이를 감싸 추위에도 살아날 수 있도록 한 것이다.

이 아이는 훗날 영국의 총리가 된 데이비드 로이드 조지David Lloyd George(1863-1945)이다.

이런 엄마의 사랑을 받은 기억이 있다면 누구나 다 하나같이 사람다운 사랑의 삶을 살 수 있지 않을까.

"난 이미 내 인생을 낭비했소. 내 남은 힘을 모아 당신을 사랑한다고 말하고 싶소." 영화 '와호장룡'에서 푸른 여우의 독침을 맞고 죽어가면서 리무바이가 수련에게 마음을 고백하는 말이다. 그는 스승의 이야기를 들려준다.

"주먹을 꽉 쥐면 그 안에 아무 것도 없지만, 주먹을 놓으면 그 안에 모든 게 있다고 하셨어."

이를 강신주 대중철학자는 이렇게 해석하고 있다.

"이 영화는 헛헛한 동양적 허무주의를 짙게 풍긴다. 때를 만나지 못한 호랑이와 용의 이야기니, 어찌 그렇지 않을까. 와호장룡의 허무주의는 모든 장면에 공기처럼 편재하지만, 가장 강렬한 주제는 두 커플 사이의 허무한 사랑, 혹은 어긋나는 사랑에서 찾아야 할 것이다. 사랑을 확인하는 순간 영원히 자신의 곁을 떠나는 임처럼 허무한 대상이 또 있을까. 함께 있을 것도 아니면서, 영원히 이 세상을 떠날 예정이면서, 리무바이와 옥교룡은 홀로 남겨질 연인에게 사랑을 고백한다. 매정함을 넘어 허허롭기만 하다."

그렇다 해도 부모자식이나 형제지간 아니면 친구나 연인 사이에서든 어차피 허허로운 것이 인생 아니던가. 자식사랑이 동물적이라면 남녀 연인간의 사랑은 신적神的이라고 할 수 있지 않을까. 단 한 순간이라도 이런 사랑의 결정체로서 삶을 산다면 더할 수 없이 축복받은 사람이 아니랴.

이런 삶이야말로 우리의 고향고곡古曲이 영원무궁토록 길게 이어지는 '클미'의 '삶'이 되리라.

It's not thoughts but love

사상이 아니고 사랑이다

유사 이래 인류역사를 돌아보든 아니면 한 개인의 개인사를 살펴보든 인간은 '이성의 동물'이라기보다는 '감성의 동물'이라고 해야 할 것 같다.

이 점을 언어를 통해 연구한 학자가 있다. 미국 펜실베니아 대학교 화튼 스쿨The Wharton School of the University of Pennsylvania의 마케팅 부교수 조나 버거와 동료교수 에지 아크피나, 이 두 사람이 '쿨cool'처럼 오랫동안 유행하는 단어들의 인기비결을 연구 조사한 결과가 최근 '개성과 사회심리학 저널The Journal of Personality and Social Psychology'이란 학술지에 발표됐다.

이 온도와 관계된 '쿨cool'이란 단어는 이미 16세기 때부터 단지 기온의 온도뿐만 아니라 사람의 내적 정신 상태나 냉정한 성정의 정서 상태를 묘사하는 단계로 발전하다가, 18세기 말부터는 오늘날 같이 스타일이나 패션 감각의 '멋있다'는 뜻으로 유행하기 시작해, 지금은 음악이든 옷맵시든 자동차든 식당이든 두루 '좋다'의 동의어로 사용되고 있다는 것이다.

아무리 언이가 항상 진화하고 변한다지만 어떤 단어와 관용구는 사라지는데 어떻게 어떤 말씨는 계속해서 오래 유행을 타는지를 알아보기 위해 이 두 학자는 수백 년에 걸쳐 셰익스피어의 단시들sonnets을 비롯해 시대와 장소를 총망라한 5백만 권의 작품들을 데이타베이스로 삼아 연구 조사해 본 결과 다음과 같은 사실을 확인했다는 것이다.

예를 들어 냉정하게 '차가운 사람cold person'이나 밝게 '빛나는 학생bright student'처럼 시각적이고 후각적이며 촉감적으로 감성적인 표현이 붙임성 없게 '불친절하다'거나 약빠르게 '똑똑하다'는 등 어의론적語義論的이거나 의미론意味論的인 것보다 사람들이 더 잘 기억하고 오래도록 사용하게 된다.

우리 생각 좀 해 보자. 현재 이슬람국가(IS)의 알카에다에 의한 테러 전에, 이라크와 아프가니스탄 전쟁, 미소냉전, 월남전, 한국전, 1 · 2차 세계 대전, 청일전쟁, 노일전쟁, 미국의 남북전쟁, 중세 십자군 전쟁 등등 수많은 인명을 살상하는 모든 전쟁들과 서유럽국가들에 의한 식민지 개척, 노예제도, 마녀사냥, 성차별, 인종차별, 사회 계층 계급의식 등등 모든 반인륜적인 만행들이 이성적이라는 허깨비 같은 사상이다 이념이다 또는 온갖 독선독단적이고 위선에 찬 종교적 교리에 의해 자행되어 오지 않았는가.

반면에 석가모니와 예수 등 모든 성인성자들이 설파하고 몸소 실천 실행한 것이 대자대비요, 여성의 모성애와 친구 사이의 우정, 남녀 간의 연정과 애정, 이웃 간의 인정, 이 모든 사랑은 다 우리의 따뜻한 감성에 따른 것 아닌가.

그러니 인류와 개개인의 복리를 증진하기 위해서는 이성보다는 감성, 사상보다는 사랑, 교리나 이론보다는 정리情理를 따라야 하리라. 그 최소한의 정감은 연민과 긍휼이어라.

나무처럼 살자

2015년 초 스페인 바르셀로나에서 열린 모바일 월드 콩그레스Mobile World Congress의 주제는 인간과 인간의 연결을 넘어, 인간과 사물, 사물과 사물을 연결하는 '초연결'이었다. 사물인터넷 기술이 점차 우리의 일상 속에서 실현되고 있음을 반영해서였으리라.

10여 년 전 바르셀로나를 방문했을 때 건축계의 이단아 안토니 가우디Antoni Gaudi (1852-1926)의 건축물들을 보고 받은 인상은 그 동안 내가 본 서양의 건축양식과는 전혀 다른, 나무를 연상시키는 것이었다. 따라서 그의 명언 "직선은 인간의 선이고, 곡선은 신의 선"이란 말에 수긍이 갔다. 그가 곡선이 '신의 선'이라 했다면 이는 '우주 자연의 선'이란 뜻이었으리라.

서양문명과 종교가 부자연스럽게 직선적이라면 동양문화와 사상은 곡선적이라 할 때, 가우디는 동양적인 예술가라고 할 수 있지 않을까. 있는 그대로의 자연을, 특히 나무로 상징되는 자연을 사랑한 예술가란 말이다.

2015년 11월 15일, 뉴욕타임스와의 인터뷰에서 CNN Tonight 뉴스의 흑인 앵커 돈 레몬은 이렇게 말했다.

"내가 보기엔 당신은 별로 기분 나빠하지 않는 것 같던데It doesn't seem to me that you get offended very much." 라는 말에 대답하기를 "맞다. 감정이 상하거나 방어적으로 수세를 취하는 대신 나는 왜 저 사람이 저렇게 느낄까, 왜 저런 의견을 갖고 저렇게 생각할까, 호기심을 갖고 대응한다. I don't. Instead of being offended or defensive or whatever, I try to be curious about why that person feels that way, why someone has that particular opinion."

그리고 "어떻게 다른 사람도 당신처럼 자신을 있는 그대로 받아들일 수 있겠는가? How does someone get to be as self-accepting as you?"라는 물음에 그는 이렇게 대답한다. "자신을 수용하지 않는다면 무슨 대안이 있겠는가? What's the alternative?"

"많은 사람들이 항상 자기회의를 하지 않는가. To live in constant self-doubt, which a lot of people do."란 말에 그는 대답한다. "난 그렇게 살고

싶지 않다. I don't want to live that way."

이 말을 나는 '나무처럼 살겠다'는 뜻으로 해석하고 싶다. 이런 의미에서 우리 이경숙 아동문학가의 '나무처럼 살기'와 오세영 시인의 '나무처럼'이라는 나무에 관한 시 한두 편 같이 읊어보자.

나무처럼 살기

욕심 부리지 않기
화내지 않기
혼자 가슴으로 울기
풀들에게 새들에게
칭찬해주기
안아주기
성난 바람에게
가만가만 속삭이고
이야기 들어주기
구름에게 기차에게
손 흔들기
하늘 자주 보기
손뼉치고 웃기

크게 감사하기

미워하지 않기

혼자 우물처럼 깊이 생각하기

눈감고 조용히 기도하기

나무처럼

나무가 나무끼리 어울려 살듯

우리도 그렇게

살 일이다.

가지와 가지가 손목을 잡고

긴 추위를 견디어 내듯

나무가 맑은 하늘을 우러러 살듯

우리도 그렇게

살 일이다.

잎과 잎들이 가슴을 열고

고운 햇살을 받아 안듯

나무가 비바람 속에서 크듯

우리도 그렇게

클 일이다.

대지에 깊숙이 내린 뿌리로
사나운 태풍 앞에 당당히 서듯

나무가 스스로 철을 분별할 줄을 알듯
우리도 그렇게
살 일이다.
꽃과 잎이 피고 질 때를
그 스스로 물러설 때를 알듯

아울러 영어 동화, 동시도 한 편 감상해보자.

The Giving Tree By Shel Silverstein

Once,
There was a tree…….

And she loved a little boy.
And every day the boy would come
And he would gather her leaves
And make them into crowns and play king
of the forest.

He would climb up her trunk

And swing from her branches

And eat apples

And they would play hide-and-go-seek.

And when he was tired, he would sleep

in her shade.

And the boy loved the tree……. very much…….

And the tree was happy.

But time went by,

And the boy grew older.

And the tree was often alone.

Then, one day, the boy came to the tree and the tree said:

"Come, Boy, come and climb up my trunk and swing from my branches and eat apples and play in my shade and be happy!"

"I am too big to climb and play" said the boy.

"I want to buy thing and have fun. I want some money. Can you give me some money?"

"I'm sorry" said the tree

"but I have no money. I have only leaves and apples. Take my apples, Boy, and sell them in city. Then you will have money and you'll be happy."

And so the boy climbed up the tree and gathered her apples and carried them away. And the tree was happy…….

But the boy stayed away for a long time……. and the tree was sad. And then one day the boy came back, and the tree shook with joy, and she said:

"Come, Boy, come and climb up my trunk and swing from my branches and eat apples and play in my shade and be happy."

"I am too busy to climb trees," said the boy.

"I want a house to keep me warm", he said.

"I want a wife and I want children, and so I need a house. Can you give me a house?"

"I have no house", said the tree.

"The forest is my house", said the tree.

"But you may cut off my branches and build a house. Then you will be happy"

And so the boy cut off her branches and carried them away to build his house.

And the tree was happy.

But the boy stayed away for a long time……. And when he came back, the tree was so happy she could hardly speak.

"Come, Boy" she whispered,

"Come and play"

"I am too old and sad to play" said the boy.

"I want a boat that will take me away from here. Can you give me a boat?"

"Cut down my trunk and make a boat" said the tree.

"Then you can sail away...and be happy"

And so the boy cut down her trunk And made a boat and sailed away. And the tree was happy……. But not really.

And after a long time the boy came back again.

"I am sorry, Boy" said the tree,

"but I have nothing left to give you. My apples are gone."

"My teeth are too weak for apples" said the boy.

"My branches are gone" said the tree.

"You cannot swing on them."

"I am too old to swing on branches" said the boy.

"My trunk is gone" said the tree.

“You cannot climb.”

“I am too tired to climb” said the boy.

“I am sorry” sighed the tree.

“I wish that I could give you something……. but I have nothing left. I am just an old stump. I am sorry.”

“I don’t need very much now” said the boy.

“Just a quiet place to sit and rest. I am very tired.”

“Well” said the tree, straightening herself up as much as she could,

“well, an old stump is good for sitting and resting. Come, Boy, sit down……. sit down and rest.”

And the boy did.

And the tree was happy…….

-The end

It's not thoughts
but love

'마음의 보자기' 해심(海心) 타령

최근에 와서 서구의 자본주의 물질문명이 전 세계로 범람하면서 거의 모든 나라 모든 사회에서 사람을 포함해 모든 것이 상품화되었다. 특히 연말이면 예수와는 아무 상관도 없는 크리스마스 선물 쇼핑으로 아우성이다.

미국 작가 오 헨리O Henry (1863-1910)의 '현자의 크리스마스 선물The Gift of Magi'과는 너무도 동떨어진, 상업화된 명절의 거의 무의미하고 요란한 소비문화가 낳은 폐습이라 할 수 있다.

특히 어린이들을 위해 가공의 산타클로스 할아버지를 등장시켜 퍼붓는 선물세례라지만 이 관습이 얼마나 진정으로 어린이들을 존중하고 사랑하는 것인지 심히 회의적일 수밖에 없다.

지난 9월부터 초등학교에 진학한 내 외손자 Elijah가 하나님은 어디 있고, 남자냐 여자냐고 생뚱맞게 묻는다. 이런 질문에 그가 알아들을 수 있는 그 어떤 해답을 그 누가 해줄 수 있을까.

2007년 9월 미국 카네기 멜론 대학의 컴퓨터과학교수 랜디 파우쉬Randy Pausch (1960–2008)는 췌장암으로 사망하기 10개월 전 행한 그의 마지막 강의 The Last Lecture에서 무엇보다 동심의 경이로움을 극구 강조하면서 어린 애들이 침실은 물론 집안 모든 벽면에 마음대로 그림도 그리고 낙서하도록 했다고 했다. 비싼 고가의 세계 명화들을 걸어 놓기보다 이 얼마나 비교도 할 수 없이 소중하고 훌륭한 애들의 아름다운 걸작품 산실이요 전시장인가!

최근 그림 경매사상 두 번째 고가로 모딜리아니 그림 '누워 있는 나부'를 1억 7040만 달러에 낙찰 받은 중국부자 류이첸(52)이 화제가 되었는가 하면 캐나다에서 있었던 다음과 같은 실화는 상품의 허상과 사랑의 실상을 너무도 여실히 보여준다.

친구로부터 받은 이메일을 옮겨본다.

캐나다에서 있었던 실화

한 남자가 어려서 학대를 받았으나 열심히 노력 끝에 자수성가 했다고 합니다.

결혼을 하고 아들이 생겼고 선망의 대상이자 인생의 목표였던 최고급 스포츠카를 구입했습니다.

그러던 어느 날, 차고에서 차를 손질하러 들어오던 그는 이상한 소리가 들려 주변을 살펴보았습니다. 어린 아들이 천진난만한 표정으로 못을 들고 최고급 스포츠카에 낙서를 하고 있는 광경을 보았습니다.

이성을 잃은 그는 손에 잡히는 공구로 아들의 손을 가차 없이 내려쳐 버렸고 아들은 대수술 끝에 결국 손을 절단해야 했습니다. 수술이 끝나고 깨어난 아들은 아버지에게 잘린 손으로 울며 빌었습니다.

"아빠 다신 안 그럴게요. 용서해 주세요."

소년의 아버지는 절망적인 심정으로 집으로 돌아갔고 그날 저녁 차고에서 권총으로 자살했습니다. 그가 본 것은 차에 그의 아들이 남긴 낙서였습니다.

"아빠~ 사랑해요"

사람들은 정말로 소중한 것이 무엇인지 잃어버리고서야 실감합니다. 늘 곁에 있어서 그 소중함을 잊고 살아가는 것이겠지요.

한번 주변을 둘러보세요. 무엇이 진짜 소중한 것인지…….
진짜 소중한 것을 찾았다면 절대 그 것을 놓치지 마세요.

상품 같은 미인이 되려고 성형수술을 받다가 미인은커녕 괴물이 된 수많은 사람들이 있다지만, 몸짱이 되려다 1년 만에 할머니 된 여성 보디빌더가 있다. 2015년 11월 24일 '데일리메일'은 러시아 노보시르스크에 사는 알렉산드라 루덴코 (24)라는 이름의 한 여성 보디빌더의 사연을 소개했다.

보도에 따르면 루덴코는 그 동안 세계 피트니스 챔피언십 대회에 출전하기 위해 끊임없이 운동을 하며 몸을 키워왔다. 한 시도 쉬지 않고 몸을 만들기 위해 노력했던 루덴코. 그 덕분에 탄탄한 허벅지 근육은 물론 완벽한 식스팩까지 잘 유지할 수 있었다.

루덴코는 이후 대회 출전을 앞두고 얼마 전 자신의 SNS에 그 동안의 달라진 모습이 담긴 사진을 공개했다. 하지만 1년 전 젊고 건강미 넘치던 모습과는 달리 루덴코는 말 그대로 백

발의 노인과 같은 모습을 하고 있었다.

이는 진짜 보배로운 자신을 기리는 보배로운 '보', 자신의 '자', 기리는 '기'를 합성해 만든 단어 '보자기' 대신 신기루 같은 거짓된 미라지mirage,(거짓된의 '거'자와 미라지의 '미'자를 붙인) '거미'줄에 목을 매지 말라는 산 교훈인 것 같다.

사실인지 지어낸 얘기인지 몰라도 내가 젊었을 때 듣기로는 제주도 방언 사투리로 '보자기'는 여자의 성기를 의미한다고 했다. 크든 작든, 길든 짧든, 어떤 색감의 어떤 생김새든, 웬만한 물건이면 다 잘 쌀 수 있는 보자기의 용도를 생각해보자. 요즘 사용되고 있는 수많은 종류의 가방이 생기기 전에는 보자기가 우리나라에서는 필수품이었다.

이렇게 물체가 뭐든 담을 수 있는 물질적인 '몸의 보자기' 용도가 크겠지만, 무궁무진하게 무한히 더 큰 게 '마음의 보자기'가 아닌가. 우주 만물을 다 품는 '바다의 마음 해심海心' 같은 보자기 말이다.

2015년 11월 27일자 중앙일보 일간스포츠지 차길진의 갓모닝 칼럼 '마음의 보자기를 키울수록 후회는 줄어든다.'에서 그는 이렇게 말한다.

"우리는 흔히 심보라는 얘기를 한다. 사람을 두고 심보가 작다, 심보가 좋다, 심보가 고약하다 등의 말을 한다. 심보는 '마음 심心'에 '포대기 보褓'를 써서 마음의 보자기라는 뜻도 갖고 있다.

밥상보에는 이 세상 모든 종교를 하나로 끌어안는 따뜻한 정서가 있다. 모두가 좋아하는 떡처럼 입에 들어가는 것에 좋고 나쁜 것이 어디 있을까. 밥상보야말로 넉넉한 마음의 보자기를 뜻하는 것이 아니겠는가. 신기하게도 다른 보자기들과 달리 마음의 보자기, 심보는 자꾸 자라난다. 우리가 도를 공부한다는 것은 즉, 마음의 보자기를 키우는 공부를 하는 것이다.

미숙했던 시절 내 마음의 보자기가 얼마나 작았는지 돌아보면서 끊임없이 마음의 보자기를 넓히는 공부를 해야 한다.

나이가 들어갈수록 세 가지가 없어야 한다고 한다. 첫째 책임지는 일을 하면 안 된다. 둘째 경쟁을 하면 안 된다. 셋째 내 욕심만 채우는 일을 해서는 안 된다. 그러나 다시 생각해 보면 욕심을 버리는 것 자체가 욕심이요, 욕심이 없는 것도 욕심이다. 차라리 욕심을 버리기보다 그 욕심까지 감쌀 수 있는 마음의 보자기를 넉넉하게 만드는 공부가 더 중요하다."

어쩜 나는 아주 어려서부터 이런 공부를 열심히 해온 것 같다. 해심海心이란 자작 아호雅號까지 써가면서 말이다.

바다

영원과 무한과 절대를 상징하는
신의 자비로운 품에 뛰어든 인생이련만
어이 이다지도 고달플까.
애수에 찬 갈매기의 고향은
출렁이는 파도 속에 있으리라.
인간의 마음아 바다가 되어라.
내 마음 바다가 되어라.
태양의 정열과 창공의 희망을 지닌
바다의 마음이 무척 부럽다.
순진무구한 동심과 진정한 모성애 간직한
바다의 품이 마냥 그립다.
비록 한 방울의 물이로되
흘러흘러 바다로 간다.

이렇게 내가 나의 어머님 뱃속에서, 아니 어쩌면 태곳적 옛날 바다의 품속에서 받은 태 교육을 이 세상에 태어난 다음에도 계속 받고 자란 탓인지 내 나이 열 살 때 지은 이 동시 아닌 주문呪文을 밤낮으로 쉬지 않고 숨 쉬듯 나는 아직도 외고 있다.

내 마음도 네 마음도
밀물 썰물 파도치듯
우리 가슴 뛰는 대로
우리의 영원한 고향
저 코스모스바다로
다 같이 돌아갈거나

It's not thoughts but love

정신적인 정조대

2015년 11월 29일자 뉴욕타임스 주말 잡지는 지난 7월과 8월 두 달에 걸쳐 정기구독자 중에서 참여한 2,987명의 독자를 상대로 진행된 온라인 연구조사 결과를 발표했다.

독자들에게 던진 질문이란 "만일 당신이 목 아래로만 촬영되는 포르노 영화에 출연해 상당한 보수를 받을 수 있다면, 당신은 익명의 포르노 스타가 되겠는가? If you could star in a pornographic movie neck down and get paid handsomely for it, would you do it?"라는 것이었다.

응답자의 20%는 Yes하겠다고, 18%는 Maybe 봐서 하겠다고, 그리고 62%는 안 하겠다고 했다.

이 기사를 보면서 1993년에 개봉된 미국영화 '은밀한 유혹 Indecent Proposal'이 생각났다. 이 영화의 스토리는 간단히 요약하자면 이렇다.

다이애나와 데이빗은 고교 때 만나 결혼한 사이다. 두 사람은 자신들의 집을 지을 생각으로 융자를 얻어 땅을 구입하나 부동산업계의 불황으로 융자금 상환을 못할 상황에 처한다. 설상가상으로 데이빗이 직장에서 해고되자, 도박으로 자금을 마련하자며 두 사람은 라스베가스로 간다.

첫날은 운 좋게도 필요한 돈의 절반을 따내지만 다음날 모든 것 다 잃고 만다. 이 때 카지노에서 우연히 만난 억만장자 존 게이지가 다이애나와 하룻밤을 지내는 대가로 백만 달러를 주겠다고 제안한다.

다이애나는 데이빗을 위해 기꺼이 게이지와 하룻밤을 지내고 돈을 받는다. 그러나 상환기한이 지나 땅은 은행에 넘어가고, 데이빗은 그날 이후 다이애나를 의심하기 시작한다.

결국 다이애나는 데이빗과 헤어지기로 하고, 게이지와 함께 지내게 된다. 미국에서 개봉 당시 영화와 같은 내용의 '잠자리 제안'을 받는다면 어떻게 할 것이냐는 설문조사를 벌인 결과 응답 여성의 80%가 기꺼이 응하겠다고 밝혔다.

돈을 받고 인명을 살상하는 용병이나 청부살인업자 또는 무기, 마약, 술, 담배 제조 및 판매업자 아니면 제 목숨과 상대방 목숨을 걸고 싸우는 권투, 레슬링 등 만행의 '스포츠' 선수가 되기보다, 그도 아니면 육체노동이든, 정신노동이든, 감정노동이든, 평생토록 중노동 한다 해도 입에 풀칠하기 힘든 수많은 일보다 이 얼마나 즐겁고 쉬운 일이랴!

그렇다면 뉴욕타임스 독자들뿐만 아니라 모든 여성들의 99%가 속으로는 YES, PLEASE. 라고 하지 않을까.

얼마 전 친구가 이메일로 보내준 일본인들의 성씨姓氏와 기모노의 유래에 대한 역사적인 자료를 보면, 1590년 도요토미 히데요시는 일본을 천하 통일하여 각 지방 토후세력 간의 오랜 내전을 종식시키고 막강한 권력을 행사하였다.

그는 통일 후 백성들에 대한 자신의 지배력 강화를 위하여 많은 사회 개혁을 강력히 추진하였는데, 예를 들어 농민들의 무기 소지 금지, 전국 토지 개혁, 농업 및 상업 장려, 농민과 무사 계급 구분, 출산 우대 정책을 강력히 시행하였다.

특히 출산 장려 정책에 관한 한 가지 에피소드에 의하면, 오랜 전쟁으로 남자들이 너무 많이 죽어서 인구 감소로 인한 출산장려가 시급한 사회문제로 대두되자, 왕명으로 모든 부녀자들에게 외출할 때, 등에 담요 같은 걸 항상 메고 아랫도리 속옷은 입지 말고 다니다가 어디에서 건 남자가 요구하면 그 자리에서 성관계를 갖도록 했다는 이야기가 전해오고 있다.

이것이 일본 여인의 전통 의상인 기모노의 유래이며 오늘날에도 기모노를 입을 땐 팬티를 입지 않는다. 또한, 기모노는 여자가 풀숲, 들판 아무데서나 누워서 섹스 할 수 있도록 만든 옷으로, 여자의 등에 모포를 메고 다니다가 남자들의 섹스 요구에 신속히 응하도록 만들었기 때문에, 옛날 기모노는 모포가 컸는데 요즘의 기모노는 개량된 것이라 한다.

그리고 세계에서 일본이 가장 많은 성씨를 가지고 있는데 그 연유는 기모노의 유래와 큰 상관관계가 있다. 그 당시 전장에서 살아남은 남자들은 아무 여자이건 자기 마음에 들면, 섹스를 요구하여 성행위를 할 수 있는 행운을 얻게 되었다.

우리나라의 성씨가 500여개 남짓 한데 비하여 일본인들의 성씨는 10만개가 넘는다고 한다. 예를 들자면 아래와 같다.

木下(기노시타) – 나무 밑에서
山本(야마모토) – 산 속에서
竹田(다케다) – 대나무 밭에서

大竹(오타케)) – 큰 대나무 밑에서
太田(오타) – 콩밭에서
村井(무라이) – 시골 동네 우물가에서
山野(야마노) – 산 밑 들판이 시작되는 곳에서
川邊(가와베) – 개천 가에서
森永(모리나가) – 숲속에서 오래 만난 남자와
麥田(무기타) – 보리밭에서
市場(이치바) – 시장(공방)에서
犬塚(이누즈카) – 개무덤에서
田中(다나까) – 밭 한가운데서
海(우츠미) – 가까운 바다에서
寺(오쿠테라) – 절에서
角屋(카도야) – 코너에 있는 집에서
柏木(카시와키) – 측백나무 아래서
桐本(키리모토) – 오동나무 아래서
小島(코지마) – 작은 섬에서
小林(코바야시) – 작은 숲에서
笹森(사사모리) – 조릿대(대나무와 비슷한) 숲에서
高柳(타카야기) – 버드나무 아래서
皆川(미나가와) – 개천가에서
水上(미나카미) – 물 위에서

그 당시 성씨를 만들 때에는 한문을 읽고 쓸 줄 아는 지식층 계급의 승려들이 성씨와 이름을 붙여주었다고 한다. 아기를 낳은 엄마가 대부분 남자의 이름과 성씨를 전혀 모르기 때문에, 이름을 지어주는 승려들은 주로 섹스를 한 장소를 아기 엄마에게 물어보아서 성씨를 지어주었다고 한다.

그 중 일본 성씨 중에 특히 '밭 전田'자의 성씨가 많은 것을 보면, 논에서는 섹스 하기가 힘들어 주로 밭에서 애를 많이 만들었기 때문이 아닌가 추정된다.

지금도 일본 여자들은 우리나라 여인들이 명절에 한복 입듯이 기모노를 자주 입는데 기모노를 입을 때는 아예 팬티를 입지 않는 풍습이 남아있다고 한다.

그래서 중세 유럽 여인들을 공포에 떨게 했던 정조대는 인류가 남성중심사회로 진입한 후 남성들이 고안해 낸 인류사상 최악의 발명품이라 하는가 보다.

그렇다면 예부터 우리나라에서 여자에게만 강요되어 온 '정조관념'이란 것이 어디까지나 남성위주의 독점욕에서 여성을 자신의 소유물로 취급한 너무도 치졸 무쌍한 정신적인 '정조대'라고 해야 하리라.

It's not thoughts
but love

메나지 아 트로와

me'nage a' trois

오늘날엔 '메나지 아 트로와Me'nage a' Trois'라 하면 세 가지 다른 종류의 포도를 섞어 만든 포도주 상표로도 사용되고 있지만 이 '메나지 아 트로와menage a trois'는 1856년부터 사용되기 시작한 프랑스어로, 직역하면 3인으로 구성된 가정을 말한다. 하지만 그 실제 뉘앙스는 한 쌍의 결혼한 부부와 그 중 한 사람의 애인이 같은 집에 살면서 세 사람이 성관계를 갖는 걸 의미한다.

2015년 11월 27일자 week& 페이지 강신주–이상용의 영화 속 철학 산책 '줄 앤 짐JULES et JIM'(1961)에서 강신주 대중철학자는 "그 사람이야, 나야?" 하는 거친 이분법 버려야 한다며 "의지로 유지하는 사랑은 허위, 한 마디로 가짜 사랑, 알맹이 없이 쭉정이만 남은 사랑일 뿐" 이라고 한다.

1912년 파리에 온 오스트리아 청년 줄은 프랑스 청년 짐을 만나 우정을 쌓아간다. 어느 날 두 청년은 카트린이란 여자를 만나 동시에 사랑에 빠진다. 1차 세계대전이 터지면서 줄과 짐은 참전한다. 종전 후 줄과 카트린은 딸을 낳아 기르며 살고 있는데 그들을 찾아간 짐은 둘 사이가 시들해진 것을 감지한다. 카트린과 짐 사이에 새로운 사랑이 싹트고 셋은 한 집에 같이 살게 되는데 세 남녀의 동거 생활은 짐이 정리하지 못한 다른 여인의 존재로 흔들리기 시작한다.

"줄을 사랑한다면, 짐은 친구로 존중 받을 것이다. 반대로 짐을 사랑한다면 줄은 친구로 존중 받을 것이다."

이렇게 이 영화 속 카트린이 꿈꾸던 사랑과 삶을 요약하면서 강신주는 강조한다. 카트린의 이 실험이 성공하려면 줄과 짐이라는 두 남자도 독점욕과 질투를 버리고 "나야, 아니면 짐(또는 줄)이야"라는 이분법을 카트린에게 강요하지 않아야만 한다고 말한다.

내가 주제넘게 판단해 보건대, 우리가 사랑이란 걸 어떻게 정의하고 이해하는가의 문제인 것 같다. 특히 남녀관계에서 말이다. 사랑이 수단 방법 가리지 않고 정복할, 그리고 일단 쟁취한 다음에는 목숨을 걸고 지켜 독점할 내 사유재산인가, 아니면 상대방의 행복을 끝없이 한없이 빌어주고 내 목숨 바쳐서라도 상대방을 위해주는 것일까.

머빈 러로이Mervyn LeRoy가 제작 감독하고 앤 브라이스Ann Blyth, 하워드 킬Howard Keel 그리고 페르난도 라마스Fernando Lamas가 출연한 미국 음악 영화 '로즈 마리Rose Marie' (1954)가 있다. 젊었을 때 이 영화를 보고 나는 그 끝 장면에 무릎을 치면서 스토리의 결말이 좋아 쾌재를 불렀다.

백인 기마대가 어느 인디언 원주민 부락을 습격, 남녀노소 가리지 않고 죄다 학살했는데, 어떻게 살아남은 한 어린 소녀를 이 기마대 상사가 자식같이 키웠다. 이 아이가 커서 아리따운 처녀가 되자 상사는 이 처녀를 마음속으로 사랑하게 되었다.

처녀는 상사 아저씨를 생명의 은인으로 고맙게 생각하고 존경하면서 은혜에 보답하기 위해서라도 그가 원하면 그와 결혼해야겠다고 마음먹었다.

그러던 어느 날 처녀는 뜻밖에 어떤 젊은 사냥꾼을 만나 둘이 서로 사랑하게 된다. 상사 아저씨를 저버리고 임을 따라갈 수 없어 고민하는 처녀를 상사 아저씨가 말에 올려 태워 처녀를 기다리고 있는 사냥꾼에게 보내준다.

이것도 일종의 메나지 아 트로와가 아닐까. 비록 몸으로는 떨어져 있어도 마음으로는 늘 같이 있을 테니까.

회자정리會者定離라고 부모형제, 친구, 부부, 연인과 애인 할 것 없이, 만나면 또 다 헤어지지 않는가. 마치 우리 모두 각자가 어머니 뱃속에 있다가 세상에 태어나는 순간부터 몸으로는 엄마로부터 점점 멀어지지만 마음만은 떠나지 않는다.

내가 살아온 메나지 아 트로와 얘기도 좀 해보리라.

처음부터 잘못 끼워진 단추였었는지 아니면 인연이 짧아서였는지 1968년 결혼해 딸 셋을 낳은 애들 엄마와 20년 후에 헤어져 혼자 살다가 만나 잠시 가까이 지낸 여인이 있다.

한 여름 바닷가 해산물전문 레스토랑에서 점심식사를 주문하고 기다리던 중 느닷없이 여인이 내게 묻는 것이었다. 메나지 아 트로와 한번 해보고 싶지 않느냐고. 처음엔 내 귀를 의심하다 내가 반문했다. 또 한 사람은 누굴 생각하느냐고. 그랬더니 여인의 대답이 프로페셔널한 직업여성을 고용할 수 있지 않겠느냐는 것이었다.

이 말에 내가 어떤 세상인데 에이즈 등 병이 무서워서도 그런 위험천만한 짓을 할 수 있겠느냐고 하자 이 여인의 대안은 그 더욱 놀라웠다. 좋은 수가 있다며 자기보다 네 살 어린 여동생을 서울서 데려 오자고 했다. 그 당시 그 여동생은 결혼해 어린 아들의 엄마로 대학교수 부인이었다.

좋아서 웃어야 할지 슬퍼서 울어야 할지, 이 기절이라도 할 만큼 흥분되고 자극적인 제안을 유감스럽게도 받아들일 수는 없었지만, 몇 년 전 이미 고인이 된 이 여인의 너무도 파격적인 뜻밖의 제안 그 자체만으로도 나는 아직도 무지무지하게 깊이깊이 감사하게 느끼고 있다.

그 후로 재혼해 26년째 같이 살고 있는 내 아내는 50여 년 전 어쩔 수 없는 사정으로 헤어진 첫사랑 남자와 좋은 친구로 지내면서 기회 있을 때마다 만나보기도 하고 안부를 주고받는다. 젊은 날 애절하게 아름다웠던 아내의 로맨스와 그 보배로운 추억을 나는 엄청난 축복으로 소중히 여겨 진심으로 존중하고 있다.

서너 살 때 우리 외손자 Elijah가 제 외할머니와 외할아버지인 내게 큰 종이에다 정성껏 그림을 그리고 큰 글씨로 써 준 '사랑해, 어떤 일이 있어도I Love You, No Matter' 이 한 마디 이상 뭐가 있으랴! 네가 와도 가도, 네가 있어도 없어도, 네가 살아도 죽어도, 난 널 사랑한다는, 네가 뭘 하든, 어디 있든, 네가 언제나 늘 행복하기를 빌고 또 비는 마음이야말로 참된 사랑이어라.

그렇다면 네가 있고 내가 있고 이런 참된 사랑만 있다면 이야말로 언제 어디서나 최고지진最高之眞, 최고지선最高之善, 최고지미最高之美의 메나지 아 트로와가 되리라.

It's not thoughts but love

우린 모두 복면가왕이다

요즘 즐겨 시청하는 프로가 MBC 일밤 '복면가왕'이다. 특히 4관왕까지 오른 '소녀의 순정 코스모스'의 매혹적인 매력에 나 또한 혼이 홀딱 빠졌다. 시청자 한 사람 한 사람 우리 모두가 다 각기 자신도 바로 코스모스임을 깨닫게 해주는 신비스러운 순간순간이었다.

2015년 12월 1일자 중앙일보 일간스포츠 칼럼 '갓모닝'에서 많은 사람들, 특히 너무도 내 생각을 족집게처럼 집어내듯, 차길진은 이렇게 지적하고 있다.

"왕이란 한자는 하늘과 땅 사이에, 하늘과 땅을 잇는 자가 바로 사람이란 뜻이다. 과거에는 왕이 한 사람이었지만 이제는 국민 모두가 왕이다. 국민의 자율정신, 주인의식이 요구되는 시대다. 이제는 1인 1종교 시대다. 자신의 종교에 자신이 교주가 되는 시대가 찾아 왔다. 21세기는 종교보다 문화와 정서가 우선시된다. 젊은이들에게는 종교인의 설교보다 힙합 가수의 노래가 더 귀에 잘 들어올 것이다."

우리 민족 지도자 백범 김구 선생께선 일찍부터 내다보시지 않았는가. 김구 선생의 '나의 소원' 중에는 이런 대목이 있다.

내가 원하는 우리나라

나는 우리나라가 세계에서 가장 아름다운 나라가 되기를 원한다.
우리의 부력은 우리의 생활을 풍족히 할 만하고,
우리의 강력은 남의 침략을 막을 만하면 족하다.
오직 한없이 가지고 싶은 것은 높은 문화의 힘이다.
문화의 힘은 우리 자신을 행복 되게 하고,
나아가서 남에게 행복을 주기 때문이다.

김구 선생께서는 또 진작부터 우리를 일깨워주며 경고해 주셨다.

"무릇 한 나라와 한 민족이 주체성을 갖추고 국민 생활을 하려면 반드시 기초가 되는 철학이 있어야 하는 법이니, 그것이 없으면 국민의 사상이 통일되지 못하고 더러는 이 나라의 사상에 쏠리고 더러는 저 민족의 철학에 끌리어 사상과 정신의 독립을 유지하지 못하고 남을 의지하고 저희들끼리 추태를 보이게 된다."

우리의 기초가 되는 철학이라면 단군의 '홍익인간'과 수운 최제우의 인내천 사상이 있지 않나. 이를 21세기 현대에 맞춰 우주적으로 표현해 보자면 인종과 민족, 사상과 철학, 문화와 관습을 초월한 '코스모스'란 자의식 개발이라 할 수 있지 않을까. 우리 모두 제 각기 소우주micro cosmos임을 깨닫는 일이다. 그래서 각자는 각자 대로 각자의 복면을 하고 자신만의 고유한 노래 '코스모스 칸타타'를 부를 수 있도록 말이어라.

그 한 예로 나는 어려서부터 나의 '코스모스 칸타타'를 이렇게 부르고 있다.

코스모스

소년은 코스모스가 좋았다.

이유도 없이 그저 좋았다.

소녀의 순정을 뜻하는 꽃인 줄 알게 되면서
청년은 코스모스를 사랑하게 되었다.

철이 들면서 나그네는
코스미안의 길을 떠났다.

카오스 속에서
코스모스를 찾아

무지개를 좇는 파랑새는
폭풍우 휘몰아치는 먹구름장 넘어
저 하늘 하늘에 나는 무지개 새가 되어
하늘하늘 코스모스바다 위로 날아볼 거나.

It's not thoughts but love

각자만의 불후의 명작

요즘 한국 출판계의 화두는 '발견성'으로 좋은 책이 나와도 독자에게 발견되기가 어렵다는 얘기란다.

일본 서점 '쓰타야'를 운영하는 '컬처 컨비니언스 클럽CCC'의 마스다 무네아키 대표는 그의 저서 '지적자본론'에서 서점이란 책을 파는 곳이 아니고 책에 담긴 철학과 저자의 체험에서 떠오른 비전과 빚어진 삶의 방식을 선물로 제공하는 곳이라고 역설한다.

이것이 어디 책뿐이랴. 모든 상품에 적용될 뿐만 아니라, 모든 직업, 기업과 정당, 남녀노소 가릴 것 없이 언제 어디서나 모든 사람에게 해당 된다고 할 수 있을 것 같다.

그래서일까, 개별적인 상품 광고보다 기업광고가 더 중요하고, 뭣보다 입 소문이 더 효과적이라 하는가 보다. 종교고 정치고 문화고 간에 그 대표 격인 사람이 매력이 있어야 하고 신뢰감을 줄 수 있어야 한다.

그 사람이 살면서 쌓아 온 호감과 선심과 덕이 크고 많을수록 마치 은행계좌에 있는 잔고처럼 보증수표가 되어 끊는 수표가 부도날 리가 없다는 말이다. 그 사람의 생전은 물론 사후에도 가족과 동족 후손들에게까지 그 영향이 미치지 않던가.

그러니 모든 것을 좀 더 큰 그림에서 보고 소탐대실小貪大失하지 말 일이다. 그러자면 뭣이고 쓰고 그리기 전에 꿈부터 꾸면서 꿈꾸는 대로 살아 볼 일이고, 어떤 상품을 만들어 팔기 전에 고객의 관심과 흥미, 호기심과 환심을 살 수 있어야 하리라. 이는 다름 아니고 각자는 각자 대로 각자의 삶을 정직하고 열심히 살아보는 것이리라.

'예수의 동생'이란 별명을 얻을 정도로 어려서부터 언제나 많은 사람을 도우면서 자유롭게 거침없이 살아온 만능의 내 처남 안병영씨가, 특히 예술적으로 자신의 분신 같은 사람을 소개하면서 내게 최근 전달해준 박해성의 '해리 리버맨 스토리'를 더 좀 많은 독자들과 나누고 싶어 옮겨본다.

해리 리버맨 스토리

해리 리버맨이라는 폴란드 청년이 있었습니다. 그는 고향에서 랍비 교육을 받았으나 당시 서구의 정치, 사회적 불안 때문에 29세에 폴란드에서 미국으로 건너갔습니다. 이민 초기에는 직물업계에서 일한 적도 있으며 아내와 함께 제과 도매업을 하면서 미국에 안정적으로 정착하게 되었습니다.

은퇴 후 리버만은 우리나라의 노인복지관 같은 시설인 시니어클럽 에서 그림과 인연을 맺게 되었습니다. 대부분의 은퇴 노인들이 그러하듯 그는 클럽 모임에 나가 체스를 두면서 시간을 때우곤 했습니다. 어느 날 그곳의 관리 직원이 그와 함께 체스를 두던 친구가 몸이 불편해서 나오지 못한다는 말을 전해왔습니다. 그 말을 듣고 리버만은 실망스러운 표정을 지었지요. 그러자 친절한 직원은 그에게 화실을 한 번 둘러보고 그림도 그려보시라고 권했습니다.

"뭐라고? 나보고 그림을 그리라고?"

노인은 껄껄대며 웃었습니다.

"나는 여태껏 그림 그리는 붓도 구경 못해 봤네."

"걱정하실 필요 없어요. 그냥 재미로 한 번 해보는 거예요. 재미있을지도 모르잖아요."

젊은 직원의 권유에 리버만은 생전 처음 붓과 물감을 들고 그림을 그리게 되었습니다. 그는 곧 그림의 매력에 푹 빠져버렸지요.

그가 클럽의 미술실에서 그림공부를 하고 있었으나 지도교사 Mr. Larry Rivers는 리버맨의 작품에 대해서만은 아무런 지적도 해주지 않았습니다. 리버맨이 지도교사를 찾아가 그에 대해 조용히 항의했지요. 그러나 그 교사는 정색을 하며 말했습니다.

"당신은 이미 당신의 방식대로 잘 하고 계십니다."

그도 리버맨에게 천부적으로 그림에 재능이 있음을 한눈에 알아봤다는 뜻이겠지요. 리버맨은 본격적으로 그림에 대해 공부하기 시작했습니다. 10주간의 교육과정을 마친 그는 놀라운 재능을 펼치기 시작했지요. 그림의 주제는 어렸을 적 폴란드 고향의 기억을 살려낸 유태인의 서민 생활과 종교적 색채가 짙은 탈무드, 하시디즘Hasidism, 구약성서 등이었습니다. 이는 그가 한때 랍비를 꿈꾸던 잠재의식의 발현이라고도 볼 수 있겠네요.

마침내 리버만은 '원시의 눈을 가진 미국의 사갈'로 불리기 시작, 그의 그림은 많은 사람들이 좋아해서 인기리에 팔렸습니다. 한번 점화된 그의 미술에 대한 열정은 대단했습니다. 그는 우리들 가슴에 뜨끔한 충고를 했지요.

"몇 년이나 더 살 수 있을까 생각하지 말고 내가 어떤 일을 더 할 수 있을까 생각해보라"

1981년 11월, 로스앤젤레스의 유명 전시관에서 해리 리버만의 22회 전시회가 열렸지요. 그의 나이 101세 기념전시회였습니다. 이 노화가는 개막식에 참가한 400여 명의 내빈들을 전시실 입구에 꼿꼿이 서서 맞이했습니다. 내빈들 중에는 수집가와 평론가 및 신문기자들이 포함돼 있었는데 강렬한 원색으로 현실과 이상을 넘나드는 신비스러운 그의 작품 앞에서 모두 경탄해 마지않았습니다. 노화가는 이렇게 말했지요.

"나는 내가 백한 살이라고 말하지 않겠습니다. 다만 백 일 년의 삶을 산만큼 성숙하다고 할 수 있지요. 예순, 일흔, 여든, 혹은 아흔 살 먹은 사람들에게 저는 이 나이가 아직 인생의 말년이 아니라고 얘기해 주고 싶군요. 몇 년이나 더 살 수 있을지 생각하지 말고 내가 어떤 일을 더 할 수 있을지 생각해 보세요. 무언가 할 일이 있는 것, 그게 바로 삶입니다!

나는 젊지 않다는 것을 압니다. 그러나 나 자신 늙었다고도 하지 않아요. 나는 다만 102년 동안 성숙했을 뿐입니다. 왜냐하면 성숙이란 연륜과 함께 오는 것이기 때문입니다."

아마도 그의 102살 때 말씀이신 것 같습니다. 그의 작품은 뉴욕의 Museum of American Folk Art와 Jewish Museum, 워싱턴 D.C.의 Hirshhorn Museum of Art and Sculpture Garden을 비롯한 많은 미술관의 영구 소장품이며, 그 외에도 Seattle Museum of Art, 오하이오 주의 Miami University Art Museum 등에 소장되어 있습니다. 뿐만 아니라 많은 개인 수집가들에도 인기 있는 컬렉션이 되었습니다.

우리는 보통 나이가 들면 모든 것을 쉽게 포기하지요. 은퇴한 사람들에 대한 사회적 편견 역시 만만치 않습니다. 그들은 일에서 손을 떼는 그 순간이 그들 생의 끝이라고 생각합니다. 그러나 생각을 바꿔보면 어떨까요? 새로운 도전을 위해 하던 일을 놓는 거라고. 나이를 먹는다는 사실은 누구에게나 일어나는 현상이며 자연스러운 우주의 섭리입니다. 늙어서 할 수 없는 게 아니고 할 수 있다는 용기가 없을 뿐입니다.

미켈란젤로가 시스티나 성당의 천장에 '천지창조'라는 벽화를 그릴 당시 나이는 89세였습니다. 베르디가 오페라 '오셀로'를 작곡했을 때는 80세였으며, 괴테가 대작 '파우스트'를 완성한 것은 82세였답니다. 지금 당신은 몇 살입니까?

해리 리버맨이 97세 때 이렇게 말했습니다.

"I do feel painting is my most important work. I don't believe there is a life Upstairs. The life I got now is the heavenly reward because when I die my paintings will be here and people will enjoy."

그래요, 그의 말대로 그는 갔지만 지금 우리는 그가 남긴 작품을 충분히 즐기고 있습니다. 죽어서도 사랑 받는 예술가는 쉽지 않지요. 나는 맨 처음 그의 그림을 만났을 때 어릴 적 누구에겐가 들었던 이국의 옛이야기가 떠올랐어요. 약간은 어눌

한 듯한 아이처럼 꾸밈없는 붓질과 하늘을 날아다니는 천사들, 꿈꾸는 듯한 사람들의 표정, 기교가 생략된 꽃과 나무들, 왠지 가슴이 훈훈해집니다. 해리 리버맨은 103세까지 살다가 미국 North Shore University Hospital in Manhasset, L.I.에서 1983년 운명했습니다. 그가 그린 자화상과 103살 생일케익을 앞에 놓고 찍은 실제 모습을 비교해 보시면 알 것입니다. 아름다운 소풍을 마치고 영원의 집으로 돌아가신 해리 리버맨에게 깊은 사랑과 존경을 바칩니다.

이런 예술가뿐만 아니라 인생을 사는 사람이라면 누구나 다 하나같이 '인생예술가'로서 각자의 삶 그 자체가 그 누구도 반복하거나 모방할 수 없는 각자만의 산 예술작품이고 각자만의 불후의 명작이어라.

It's not thoughts but love

동심을 잃으면 끝장이다

"우리나라의 교육제도는 해마다 바뀌고 여러 정책이 늘 제시 되지만 정작 바뀌지 않는 것이 있다. 바로 우리 사회의 가치관이다. 우리 자라나는 청소년들이 진정으로 건강하고 행복해지기 위해서는 이들이 고전을 읽어야 한다고 생각했다. 여러 동서양의 고전을 통해 지식을 살찌우고 지혜롭고 창의적인 사고를 하며 건강한 가치관을 정립하기를 원했다. 그래서 '올재'를 설립했다."

'올재'의 홍정욱 대표의 말처럼 이 출판사는 저작권 문제가 없는 동양과 서양의 고전을 최대한 읽기 쉬운 한글 번역본과 누구나 갖고 싶은 멋스러운 디자인으로 출판하여, 대기업에게서 후원을 받아 한 권 당 2,000원 내지 3,000원 대의 가격으로 대중에게 판매하고, 전체 발간 도서의 20%를 저소득층과 사회 소수계층에게 무료로 나누어 주는 일종의 소셜 비즈니스 회사라고 한다.

1970년과 2012년 영화로도 만들어진 '나의 달콤한 오렌지 나무My Sweet Orange Tree-Jose Mauro De Vasconcelos'가 있다. 1968년 출간되어 브라질 초등하교 강독 교재로 사용됐고, 미국, 유럽 등에서도 널리 번역 소개되었으며, 전 세계 수십 개 국어로 출판되었다.

한국에서는 1978년 '나의 라임오렌지나무'로 첫 선을 보인 후 50여 곳 이상의 출판사에서 중복 출판되어 400만 부 이상이 팔린 초대형 베스트셀러로, 2003년 'MBC 느낌표'에 선정되었고, 지금도 꾸준히 사랑 받고 있는 성장 소설의 고전이다.

저자 바스콘셀로스는 1920년 리우데자네이로의 방구시에서 포르투갈계 아버지와 인디언계의 어머니 사이에서 태어나 권투선수, 바나나 농장 인부, 야간 업소 웨이터 등 고된 직업을 전전하며 불우한 어린 시절을 보냈지만 이 모든 고생이 그가 작가가 되는 밑거름이 되었다.

우리나라는 물론 세계 모든 나라에서 흙수저를 물고 태어난 모든 어린이들에게 바치는 '헌사獻辭'라고 할 만한 이 저자의 자전적 소설에서 독자는 자신의 모습을 보게 된다. 극심한 가난과 무관심 속에서도 순수한 영혼과 따뜻한 마음씨를 가진 여덟 살짜리 소년 제제Zeze가 티 없이 짜릿 풋풋한 눈물과 웃음을 선사한다. 장난꾸러기 제제가 동물과 식물 등 세상의 모든 사물과 소통하면서 천사와 하나님이 따로 없음을 실감케 해준다.

바스콘셀로스는 이 작품을 단 12일 만에 썼지만 20여 년 동안 구상하면서 철저하게 체험을 바탕으로 했단다.

한 권의 소설을 단 한 줄로 쓴 것이 시라면, 마찬가지로 한 권의 자서전을 한 편의 단문으로 쓰는 게 에세이나 수필이라 할 수 있지 않을까.

뿐만 아니라 그림을 그리든 글을 쓰든 화가나 작가가 어떤 가치관을 갖고 어떤 색안경을 쓰고 그리고 쓰느냐에 따라 그 내용이 판이해지듯 그림을 보고 글을 읽는 사람도 어떤 시각과 관점으로 보고 읽느냐에 따라 보고 읽는 내용이 전혀 달라지는 것이리라.

그러니 동심의 눈으로 보면 모든 게 꽃 천지요 별 세계다. 돌도 나무도, 벌레도 새도, 다 내 친구요 만물이 다 나이며, 모든 것이 하나이고, 어디나 다 놀이터 낙원이다. 이렇게 우리는 모두 요술쟁이 어린이로 태어나지 않았는가.

일찍이 중국 명나라 때 진보적 사상가였던 이탁오李卓吾는 그의 대표적 저술로 시와 산문 등을 모아 놓은 문집 '분서焚書'에서 말한다.

"어린아이는 사람의 근본이며 동심은 마음의 근본이다. 동심은 순수한 진실이며 최초의 한 가지 본심이다. 만약 동심을 잃는다면 진심을 잃게 되며, 진심을 잃으면 참된 사람이 되는 것을 잃는 것이다."

'시야 놀자'의 서문에서 섬진강 시인 김용택은 이렇게 말하고 있다.

"동심은 시의 마음입니다. 동심을 잃어버린 세상을 상상할 수 없습니다. 시는 사람들이 사는 세상 속에서 가장 기본적인 정신이기 때문에 동심을 잃어버리지 않은 어른들이 시를 씁니다. 동심은 우리가 사는 세상에 대한 호기심과 세상에 대한 궁금증을 어떻게 하지 못합니다."

우리 윤동주의 동시 세 편을 읊어보자.

나무

나무가 춤을 추면
바람이 불고
나무가 잠잠하면
바람도 자오

반딧불

가자가자 숲으로 가자
달 조각을 주우러 숲으로 가자

그믐달 반딧불은
부서진 달 조각

가자가자 숲으로 가자
달 조각을 주우려

내일은 없다

내일 내일 하기에

물었더니
밤을 자고 동틀 때
내일이라고
새날을 찾던 나는
잠을 자고 깨어보니
그때는 내일이 아니라
오늘이더라.
무리여! 동무여!
내일은 없나니

푸른 꿈이여, 영원하리

통신이론상 신호를 멀리 보내기 위해서는 낮은 주파수만이 아니라 낮은 속도의 전송신호를 사용해야 한단다.

와이파이 같은 통신기기는 사용자와의 거리가 수십 미터 정도이니까 1초에 5억 비트 정도까지 전송할 수 있지만, 5,000만㎞가 넘는 화성의 탐사선까지 보내려면 1초에 수백 비트 정도 낮은 속도로 보내야 한다고 한다.

실제로 낮은 소리의 말은 귀보다는 가슴에 들리고 마음에 전달되는 것 같다. 내가 딸 다섯을 키우면서 애들이 아주 어렸을 때부터 항상 애들한테 고작 한 말이 낮은 목소리로 '네가 더 잘 알아You know better'라고 하면 애들이 정말 더 잘 알아서 하곤 했으니까 말이다.

내 피는 안 섞였지만 사랑으로 키운 막내딸의 결혼식 전날 저녁 양가 가족들과 친구들만 초대한 식사 자리에서 신랑과 신부에게 나는 다음과 같은 짤막한 조언을 하자 젊은 친구들로부터 큰 박수를 받고 환호성을 들었다.

Good Evening.

This is a very good and special evening to us all, as we are here to celebrate the cosmic union, if not reunion, of Ben and Jackie, their families and friends.

May it be the start of a wonderful journey together full of fun for the completion of our preordained unity.

My wife, Kay (for Kilja), who is esteemed the perfect matriarch, and I, Ted (for Tae-Sang), her loyal attendant, we are extremely happy to have Ben (for Benjamin) as our son-in-love, I repeat, son-in-love, not son-in-law, because we believe in love, not in law. For the whole tribe of Kay's, life means love, nothing else.

I think there is a close affinity between Jewish and Korean. (Ben is Jewish.)

Now, let me have Ben's attention for a moment, please.

I want you to look at Jackie's Mom tonight. Even if you like her today, take a second look at her tomorrow. If you still admire and adore her as I do, then, close your eyes. Yes, go ahead and marry her daughter as planned.

Ladies are said to be fickle like the weather. They say men can never understand women. I have a tip for you, Ben. Just stand under. I mean under the umbrella of love. You may get wet and suntanned a little bit from time to time, but never soaked or sun- burnt. There will be no bad weather, only different kinds of good weather for you Ben as long as you stay under the magic umbrella. You know what! You might even soar high above the clouds occasionally.

Here's the luckiest young man and the most beautiful and lovely girl.

I'd like to propose a toast to the blessed couple.

2015년 12월 4일자 미주판 중앙일보 오피니언 페이지 칼럼 '문명의 위기는 어디로부터 오는가'에서 문유석 인천지법 부장 판사는 이렇게 진단한다.

"샤를리 에브도 테러와 파리 테러는 모두 프랑스에서 이루어졌다는 점에서 서구 문명에 대한 공격적 의미가 크다. 자유-평등-박애라는 프랑스 대혁명 정신을 토대로 수세기에 걸쳐 유럽은 인류 역사상 최고 수준의 진보한 사회를 건설했다. 넘치는 자유, 다양성의 존중, 민주주의, 높은 수준의 복지 그런 사회 내부에서 성장한 이민자 자녀들이 사회에 대한 증오를 토대로 극단주의 테러리스트가 되었다. 이들의 공격은 서구 문명이 건설해 온 소중한 가치들이 모래성처럼 취약했다는 것을 드러내고 말았다."

그러면서 그는 그 해법도 제시한다.

"장벽을 허물고 세계를 평평하게 만들어 온 것은 서구 문명의 경제적 토대인 자본주의다. 자본은 쉴 틈 없이 경계를 해체하며 새로운 시장과 싼 노동력, 풍부한 자원을 확보하려 한다. 저커버그가 드론을 띄워 아프리카 오지까지 인터넷을 제공하듯 말이다. 장벽을 쌓고 먼 곳에 있는 테러리스트를 겨냥해 보내는 폭격기들의 부수적 피해, 즉 민간인 희생자들에 대한 분노는 제거한 테러리스트 숫자보다 훨씬 많은 자생적 테러리스트들을 새로 공급한다. 결국 서구 문명이 건설한 가치 자체가 문제였을까. 아니면 그것을 장벽 내에서 자기들만 누린 것이 문제였을까. 어느 쪽을 문제로 보느냐에 따라 해답도 달라질 것이다."

"맥스Max, 태어난 걸 축하해. 정말 멋진 엄마와 아빠를 뒀구나. 두 분의 결정을 듣고 흥분했어."

마크 저커버그 페이스북 CEO와 아내 프리실라 챈 부부가 딸 맥스를 낳은 뒤 페이스북 지분의 99%(현 시가 약 52조원)를 자선 사업에 기부하겠다고 밝힌 12월 1일에 멀린다 게이츠가 저커버그의 페이스북에 남긴 글이다. 그리고 멀린다는 저커버그 부부에게 이런 말도 했다.

"씨가 뿌려졌고, 이제 자랄 겁니다. 수십 년 동안 열매를 맺겠지요."

멀린다도 남편인 마이크로소프트 설립자 빌 게이츠와 재단을 만들어 자선활동을 펴고 있다. 2008년까지 360억 달러(약 42조원)를 기부했고 매년 추가로 기부하고 있다.

최근 미국 미네소타주 로즈마운트의 연말 구세군 자선냄비에 한 노부부가 50만 달러의 수표를 내놓았다. 미국 구세군 자선냄비에 이만큼 거액의 기부금이 들어온 것은 처음이라고 한다.

이 노부부는 익명을 요구하며 젊었을 때 식료품점 앞에 버려진 음식으로 연명했었다며 이제는 이렇게 다른 사람들을 도울 수 있게 되어 말할 수 없이 기쁘고 행복하다고 했다.

저커버그는 대학을 중퇴하고 비즈니스를 시작하면서 얼마나 앞날이 불안했을까. 게다가 그는 녹색과 빨간색을 구분 못 하고 파란색이 가장 잘 보인다는 적록색맹이라니 또 얼마나 불편했을까. 하지만 그는 '푸른 꿈'을 꾸면서 그 '파란색' 꿈을 이뤄 인류에게 또한 그 '푸른' 꿈을 심어주고 있다.

옛날 가수 송민도가 열창한 노래 '푸른 꿈이여 지금 어디'를 우리 같이 불러보자.

> 푸른 꿈이여 지금 어데 사라져 갔느냐 멀리 멀리
>
> 나의 사랑아 지금 어데 행복한 그 시절
>
> 돌아 오렴아 아무도 모르게
>
> 푸른 잔디를 가만 가만 밟고 오렴아

푸른 꿈이여 지금 어데 사랑아 지금 어데

푸른 꿈이여 지금 어데 무심히 갔느냐 멀리 멀리
나의 사랑아 지금 어데 그리운 그 시절
돌아 오렴아 꽃수레 타고서
파랑새들의 즐거운 노래를 들으며
푸른 꿈이여 지금 어데 사랑아 지금 어데

아, 푸른 꿈이여 영원하리

닫는 글

독수리와 종달새

2016년은 병신년인데 오행에서 불과 금이 합하여 이루어진 해로, 태양처럼 열정적이고 강철처럼 강렬한 힘찬 한 해가 예측된다고 한다.

그리고 병신년을 붉은 원숭이띠 해라 하는 것은 병신년의 병이 오행에서 불의 붉은 색상이고, 신은 열두 동물 중에 원숭이를 나타내기에 붉은 원숭이띠 해가 된 것이란다.

원숭이는 민첩하고 열두 동물 중 제일 지혜로워 민첩함과 지혜로움을 바탕으로 발전적인 한 해가 될 것으로 기대된다.

중국의 4대 기서 가운데 하나인 '서유기'의 주인공 손오공은 원숭이로, 오공, 제천대성齊天大聖, 곧 하늘(제왕)과 같이 높은 성자(신선), 하늘나라 옥황상제와 동등한 위대한 신선을 이르기도 하고 미후왕美帿王이라고 잘 생긴 원숭이 왕이라고도 불린다.

손오공은 당나라 삼장법사인 현장의 첫째 제자가 되어, 저팔계, 사오정 등과 함께 삼장법사를 보호하며, 현재의 인도, 즉 천축에 있는 뇌음사에 불경을 구하러 간다. 손오공은 도술의 달인으로 특히 분신술과 변신술에는 타의 추종을 불허했다.

손오공은 중국 역사상 가장 인기 있는 캐릭터로서 전 세계에서 가장 이상적으로 성공한 캐릭터 상품이 되어 손오공 하면 원숭이의 대명사가 되었다.

한국사회에서 2014년의 '갑질' 소동에 이어 2015년엔 '수저론'이 소란을 떨었는데 2016년엔 또 어떤 소요가 생길는지 몰라도 우리 칼릴 지브란의 깨우침의 경인구驚人句 하나 들어보자. 그의 우화집 수상록 '방랑자The Wanderer'에 나오는 '독수리와 종달새THE EAGLE AND THE SKYLARK' 이야기다.

독수리와 종달새

높은 산언덕에서 종달새와 독수리가 만났다. 종달새가 말했다. "안녕하십니까, 선생님." 이 인사말에 독수리가 내려다보면서 성의 없이 대꾸를 하는 둥 마는 둥 대답한다. "그래."

종달새가 또 말했다. "선생님, 다 평안하시지요." "음" 독수리가 시큰둥하게 대답했다. "우리야 다 좋지만 우리 독수리들은 새 중에 왕인 걸 넌 모르나? 우리가 너에게 말 걸기 전엔 네가 감히 우리에게 먼저 말 붙일 수 없다는 걸."

종달새 다시 말했다. "우린 다 같은 한 가족이라 생각하는데요." 독수리가 종달새를 내려다보면서 경멸조로 물었다. "너와 내가 같은 한 가족이라고 그런 따위 소리를 누가 네게 하더냐?"

약 올리듯 종달새가 말했다. "한 가지 잊고 계시는 걸 상기시켜드리지요. 나는 당신만큼 하늘 높이 날 수 있고 그러면서도 노래까지 불러 지상의 모든 생물을 즐겁게 해줄 수 있지만, 당신은 아무에게도 즐거움을 주지 못한다는 사실을."

화가 난 독수리가 소리 질렀다. "즐거움이라니! 쪼끄만 이 건방진 새끼 같으니라고. 내 입부리로 한 번만 쪼면 널 당장 죽여 버릴 수 있어. 넌 내 발만 한 새끼야."

그러자 종달새가 팔짝 날아 독수리 등에 올라타고 쪼기 시작했다. 독수리는 급하게 높이 날아올라 종달새를 떨쳐버리려 했으나 허사였다. 결국 산 언덕 바위로 돌아오고 말았다. 작은 종달새를 등에 얹힌 채 어쩌지도 못하고 씩씩거리고 있었다.

마침 그 때 작은 거북이 한 마리가 나타나 이 광경을 보고 너무 웃다 못해 발랑 뒤로 나자빠질 뻔했다. 이를 내려다 본 독수리가 화가 나서 소리 쳤다. "너, 느린뱅이! 땅에서 겨우 기는 녀석아, 뭘 보고 웃는 거냐?"

거북이가 대답했다. "왜요, 당신은 말이 되었군요. 작은 새 한 마리를 등에 태우고. 그 작은 새가 당신보다 더 훌륭한 새요."

이 말에 독수리가 대답했다. "넌 네 일이나 봐. 이 건 내 형제 종달새와 나 사이의 우리 집안일이니까."

THE EAGLE AND THE SKYLARK

A skylark and an eagle met on a rock upon a high hill. The skylark said,

"Good morrow to you, Sir." And the eagle looked down upon him and said faintly, "Good morrow."

And the skylark said, "I hope all things are well with you, Sir?"

"Aye," said the eagle, "All is well with us. But do you not know that we are the king of birds, and that you shall not address us before we ourselves have spoken?"

Said the skylark, "Methinks we are of the same family."

The eagle looked upon him with disdain and he said, "Who ever has said that you and I are of the same family?"

Then said the skylark, "But I would remind you of this, I can fly even as high as you, and I can sing and give delight to the other creatures of this earth. And you give neither pleasure nor delight."

Then the eagle was angered, and he said, "Pleasure and delight! You little presumptuous creature! With one thrust of my beak I could destroy you. You are but the size of my foot."

Then the skylark flew up and alighted upon the back of the eagle and began to pick at his feathers. The eagle was annoyed, and he flew swift and high that he might rid himself of the little bird. But he failed to do so. At last he dropped back to that very rock upon the high hill, more fretted than ever, with the little creature still upon his back, and cursing the fate of the hour.

Now at that moment a small turtle came by and laughed at the sight, and laughed so hard that she almost turned upon her back.

And the eagle looked down upon the turtle and he said, "You slow creeping thing, ever one with the earth, what are you laughing at?"

And the turtle said, "Why, I see that you are turned horse, and that you have a small bird riding you, but the small bird is the better bird."

And the eagle said to her, "Go you about your business. This is a family affair between my brother, the lark, and myself."

이 원숭이해에 우리도 원숭이처럼 '재주 부리기보다 덕을 쌓으라'는 좋은 교훈이다.